Sommaire

« Lire une œuvre non pour celui qui la compose,
mais pour ce dont elle se compose. »

Mouloud Behiche

Je dédicace ce livre à :

Feus mes parents, **Fatima** et **Larbi dit « Bouraoui »,** à feues, ma grand-mère **Ouahchia** et ma sœur aînée **Houria** dite **« la poétesse ».**

À Mouloud et **Brahim Dalouche,** mes frères de lait et leurs parents ; **leur mère,** ayant été ma première nourricière à ma naissance.

À ma sœur **Malika, mes frères Hamid et Allaoua, mes nièces Salima et Rachida, à ma famille d'Algérie.**

A mon fils Samuel.

A mon épouse Raymonde,

À toute la Kabylie de Bejaïa à Tizi-Ouzou, via Ighil-Ali.

Hommage aux pères blancs et sœurs religieuses de Kabylie ainsi que les sœurs de l'hôpital de Constantine, de l'époque française en Algérie.

« AU DÉVOUEMENT SANS ÉGAL ! »

Remerciements les plus sincères :

À monsieur **Chambon**, ancien directeur de l'école François Arago, ainsi qu'à messieurs **Bouzaher**, **Remita et Schmidt,** mes instituteurs d'antan.

À l'honorable **cheïkh El Mekki,** directeur de ma première école coranique.

Aux illustres musiciens du maâlouf constantinois : **Hadj Mohammed Tahar Fergani** et **cheïkh Raymond Leyris.**

Et à toutes celles et tous ceux ainsi qu'à mes amis, pour leurs conseils d'encouragement, avec leur aimable autorisation :

Raouf Bundhun, ancien vice-président de la **République de l'Île Maurice.**

Révérend père **Aimé Mputu**, curé de la paroisse « **Bienheureux Nicolas Barré** » de Sotteville-lès-Rouen.

André Danet, chirurgien-dentiste, doyen et ancien vice-président du Conseil général de la Seine-Maritime.

Michel de Decker, écrivain et historien de renom.

M. **Jean-Paul Frouin,** retraité du corps préfectoral, préfet de région honoraire.

M. **Gérard Ducable**, retraité, ancien médecin-chef anesthésiste au CHU de ROUEN.

M. **François Burckard**, retraité, ancien directeur des Archives départementales de la Seine-Maritime et son épouse madame **Suzanne Burckard.**

M. **Roland Gerbi,** retraité, ancien inspecteur de la DDASS et son épouse madame **Jacqueline Gerbi.**

Maître **Méhana Mouhou,** avocat aux barreaux de Paris et de Rouen.

Mesdames **Isabelle Bousigue**, ophtalmologiste, **Corinne Mirete**, chirurgien dentiste et **Sandrine Panchou**, pharmacienne et **Chantal Danet**, productrrice de films publicitaires.

Mesdames **Nayla Farouki** et **Rima Farouki-Kaddoura**

MM. **Paul Aballain, Ali Addaci, Jean-Pierre Beaufils, Guy Ganaye** et **Jean-Pierre Nicolas.**

Et :

Saïd Atek, artiste peintre, plasticien, Président de l'association « **Tafsut-Normandie – Carrefour des Cultures Kabyle et Normande** »

Philippe Priol, écrivain, ancien collaborateur de **Jean Lecanuet.**

Lise Auber, Hamid Boubache, Pierre Cambremer, **Patrice Chandelier, Bernard Cousin** et son épouse **Martine, Saïd Doukkali, Patrick François**, **Marguerite** et **Jean-Louis Gilet**, **Marie-Claude Guérard-Brière**, **Marie-Joëlle** et **Jean-Jacques Jarrige, Robert Khadige et son épouse Nadezda, Nassim Lévy, Jean-Pierre Mahaut, Didier Mesgard, Christian Michel, Marie-Christine Petithon, Christine Petit, Guy Roux, Omar Sahnoun, Patrick Sorel, Corinne et Eric Tuncq, Olivier Varin et ses parents Marie-Françoise et Jean-Claude, et Saâd Zarrouk.**

À **Jean-Luc Goimbault,** pour le travail technique fourni, **la direction** de **SONOREP, et son équipe** de **Petit-Quevilly – 76140 – (Cynthia, Josette, Sibylle, Samantha et François)**

I
Fatima et Larbi dit « Bouraoui » à Constantine

Au gré des saisons qui jalonnent son parcours, le fleuve Rummel a toujours peiné pour arriver jusqu'à la Méditerranée. S'il est roulant et grondant l'hiver, l'été lui fait perdre de sa vigueur. À l'instar des autochtones, la saison chaude lui impose un débit nonchalant. Période caniculaire, où il se retrouve à sec, à certains endroits, avec ça et là, quelques rares flaques d'eau ; lesquelles donnent l'impression d'être là rien que pour donner un peu plus d'éclat à la sécheresse environnante et qui finissent par s'évaporer à leur tour, sous l'action du soleil, laissant place à une nouvelle aridité. En bon vieux témoin indifférent, cet oued a dû assister à moult évènements qui eurent lieu dans sa bonne vieille cité numide, Cirta. Mais le Rummel, serpentant à plus d'une centaine de mètres, plus bas au fond des gorges, n'a pas dû retentir des clameurs de la foule qui se faisait trucider par l'ennemi. Cirta, dont le nom resta à jamais gravé dans le cœur de ceux qui l'ont faite, grandit indolemment, au fil du temps, à la vitesse du cours de sa grande rivière. Même les multiples secousses sismiques, que ses habitants ressentaient, de temps à autre, sous leurs babouches, ne sont jamais parvenues à remuer la moindre parcelle de son immense rocher d'aigle ; sur lequel elle repose vaillante, depuis des siècles. Cité aux multiples ponts, bien que tu connusses tellement de vicissitudes guerrières, tu restas maîtresse de ton destin. Mais le plus légendaire de tes ouvrages d'art n'est autre que le pont d'El Kantara, qui mit à mal l'armée française, notamment lors de ses conquêtes coloniales. De Cirta, tu devins Constantine par la volonté d'un empereur, Constantin, le Romain, qui fut l'un de tes glorieux conquérants. Dès lors, tu gardas fidèlement cette appellation. Malgré ton expérience, des lustres durant, jamais tu n'aurais osé imaginer qu'un jour les ruelles de ton village arabe, bourdonneraient, de toutes sortes de branle-bas, par l'arrivée, au monde, d'un petit bipède kabyle. Les parents de ce futur diablotin, vaincus par l'âpreté de la vie en montagne, quittèrent leur habitat berbère, afin de t'envahir. D'autres cousins et cousines les suivirent, abandonnant, à leur tour, leurs massifs montagneux des Babors et des Zouaoua, Ainsi, tu assistas impuissante à la naissance d'un nouveau genre de citadins. Bien qu'il ne disposât point d'une troupe guerrière, ce berbère nouveau te séduisit. Crédule, tu t'es laissée faire comme une vieille dame sans défense. Car, tu as dû sentir que ce citoyen arborait l'esprit d'un véritable montagnard. Si jadis tu sus t'opposer aux assauts de tes ennemis, ce type étrange sût repousser avec force, les sarcasmes de ta population arabe ; laquelle racontait que les Kabyles allaient à la mosquée au son de la cloche chrétienne, là-haut dans leur montagne sauvage. Toutefois ces autochtones des Bibans, prirent avec humour toutes ces calomnies débitées à leur égard. Mais la force passive de ces allogènes assimila ces médisances au bruissement d'un vol d'abeilles. Et ce en dépit de tous les obstacles rencontrés, sous ses sandales en alfa, cette peuplade, plusieurs fois millénaires, s'imposa avec rudesse à l'image de celle de la rocaille de sa montagne. Ce groupe tribal élût souche à l'intérieur de tes murs centenaires, dans la mesure où en Kabylie les clochers d'église et les minarets se côtoient en parfaite harmonie. Les deux communautés unies d'ailleurs par les liens du sang, se retrouvent dans l'allégresse, le vendredi pour les uns et le dimanche pour les autres, autour d'une tasse de thé ou de café. En outre, aux dires de Fatima, génitrice du phénomène à venir, une partie de la famille des Aït-Saïd, dont était issu, son époux Bouraoui, était de confession catholique.

Le futur petit énergumène, qui par la suite marchera béquillé, naîtra au sein de ce jeune couple migrant. En effet, Bouraoui en avait marre de garder les chèvres. Il voulait voir du pays. Et l'épisode de sa rencontre avec un lion de l'Atlas, dans la forêt Kabyle, où il faillit y laisser sa vie, le persuada à fuir le danger.

Aussi quitta-t-il son village natal, Bouraya, pour troquer son habit des champs en celui de la ville. Constantine l'accueillit, dans les années 1920. Bouraoui n'avait qu'une idée en tête : oublier son bâton de gardien de chèvres et apprendre le français. Après un passage par l'école française des adultes, l'ancien pasteur de biques et de boucs obtint en novembre 1929, le fameux permis de conduire, toutes catégories.

Cet exploit fut marqué d'une pierre blanche ! De montagneux, devenir l'un des premiers indigènes à détenir un tel document colonial, cela ne pouvait être une bagatelle. Toutefois, ne pouvant rester célibataire, il se mit en quête de se trouver une fille à marier. Le bruit courut, qu'un jeune kabyle promu à un bel avenir, avec un permis dans la poche, voulait épouser une jeune femme d'origine identique. Ayant eu vent de la proposition, Bouktone, un village des Bibans, lui offrit une de ses plus belles filles, Fatima. Autant lui, était brun, petit et râblé, autant elle, était blanche de peau, grande, longiligne, avec des yeux au regard d'azur. Lorsqu'elle souriait même le diable était séduit.

Ils se marièrent selon la doctrine, sans tenir compte de leur différence physique. Ils eurent en premier deux filles. Mine de rien, l'environnement superstitieux se demandait déjà que le foyer Bouraoui était maudit, de n'avoir engendré que des filles et point de garçon fort et perturbateur. Ô malheur ! Trois fois malheur dans la tête d'une telle croyance obscure. Or, Fatima se doutait de cette suspicion collective et s'en fichait. En revanche, dans l'attente d'un autre heureux événement, elle passait son temps à compter l'argent que lui rapportait son mari. Celui-ci, passant outre les ragots, de ne pas avoir de garçon, ne pensait qu'à conduire son autobus qui faisait vivre sa famille et celle de son frère aîné, Amar.

Quant à son épouse, elle empochait l'argent avec une joie débordante. Le brave conducteur avait remarqué, dès le premier dépôt, que sa dulcinée gérait le fruit de son travail, mieux que ne le fera un banquier. Sans avoir fréquenté l'école coloniale, Fatima avait appris d'instinct à déchiffrer la valeur des billets : 50 F, « un indigène promenant sa femme dans la campagne » ; 100 F, « un bédouin accroupi à côté de son dromadaire » ; 1000 F, un pâtre tenant par l'épaule une femme indigène ». Il y avait d'autres motifs encore. Mais la curieuse femme-banquière riait en elle-même par la représentation, sur les billets, de femmes indigènes en voile blanc. Bien qu'elle trouvât cela ridicule, elle se disait que tous ces billets valaient tout de même bien quelque chose et s'empressait de les cacher dans les endroits les plus insolites. Elle remplissait son rôle de comptable avec virtuosité. Pendant ce temps, où l'insouciance financière n'avait pas cours chez les Bouraoui, une tornade socialement dogmatique se préparait en vue de la dislocation du foyer. Leur vie conjugale était en danger et sa sérénité ne tenait plus que par un fil. Car en cette contrée inculte, la jalousie et la superstition font bon ménage. Et les nouvelles transmises par le téléphone arabe étaient dévastatrices pour celui ou celle qui ne sait analyser positivement les inepties de cette croyance irrationnelle. De par ses fréquentations indigènes dans les souks, le brave conducteur fût presque persuadé que son épouse, n'était pas femme à lui donner des garçons ; que le ventre de la mère de ses deux filles devait plutôt abriter le sheïtan ; qu'il lui fallait, donc, se débarrasser, au plutôt de cette femelle satanique. Seulement, qu'en bon père de famille, Bouraoui ne prêtât aucune attention aux allégations formulées. De retour au foyer, le brave homme rapporta les derniers propos entendus. Le sang de la femme ne fit qu'un tour : *« Ya argaz * de rien ! Tu perds ton temps et ton argent avec toutes ces sornettes sur le sheïtan. Je n'en ai que faire ! Au lieu de fréquenter ces fainéants qui passent leur vie, à jouer au domino ou aux* *cartes, dans les cafés maures, les fesses collées aux chaises crasseuses, contente-toi de travailler encore plus ! »*

Avec son air bourru et un haussement d'épaules, l'époux se contenta de répondre :

– Femme, mère de mes deux filles, tu es injuste avec moi ! Mais si le sheïtan n'habite pas ton ventre, tu es en train de le cracher sur moi, en ce moment, avec ta langue de vipère ! Je ne suis pas homme de rien ! Je n'arrête pas de travailler. Si moi je te donne de l'argent, toi, fais en sorte de me donner au moins un garçon ! Je te rassure je ne me plains pas d'avoir deux filles.

Fatima ajouta, sourire aux lèvres :

– Ya argaz, je ne me plains pas non plus de nos deux filles. Mais les voisines ne sont pas tendres avec moi. Comme tu me connais, ma langue de vipère n'est pas tendre non plus avec elles. Je me défends !

L'incident cessa aussi vite qu'un orage d'été. Bouraoui déposa une liasse de billets sur la petite table basse et s'en fut à ses occupations mécaniques. Fatima, voyant Djohra qui venait lui rendre visite, s'empressa de ramasser le tas d'argent, qu'elle rangea subrepticement dans la poche interne de sa gandoura. La belle-sœur demanda mielleusement :

– Dis Fatima, argazi, le frère de ton homme, m'a dit que la recette a été bonne. Je viens de voir partir ton homme. Il t'a donné de l'argent ? Sur ce qu'il t'a donné, il doit en revenir une partie pour mon foyer. Fatima répondit avec une énergie qui vivifia son regard bleu azur :

– Vas-t'en d'ici femme d'un argaz qui ne te rend plus jamais visite. Il a déjà eu sa part qu'il cache sous le matelas de son lit, au garage de monsieur Charles. Tu le sais bien. Amar est veilleur de nuit. Il doit aussi toucher un salaire de ce Roumi. Il doit être même deux fois plus riche que moi. Tu n'as qu'à lui en demander ! Argazi m'a même affirmé que la recette a été partagée, équitablement, il y a moins de deux heures. Je ne comprends pas que tu viennes me voir.

Djohra prit un air triste, voûtant un peu plu son dos :

– Il refuse ! Qu'allons-nous devenir ? Nous n'avons pas d'argent et toi tu viens de cacher la part de ton foyer, sous ta gandoura. Je t'ai vu.

La pitié envahit l'esprit de l'intraitable Fatima qui relevant, sa robe, en sortit trois billets qu'elle lui tendit :

– Tiens, Djohra. Je te donne ces trois billets, un, pour chacun de tes enfants. Quant au quatrième, il n'aura rien de ma part. Pour son âge, il n'a qu'à travailler. Attention, cet argent n'est qu'un prêt. Avec moi, un prêt m'est rendu deux fois. De toute façon, je vais de ce pas au garage régler mes comptes avec ton homme. Il gagne sur les deux tableaux et moi je n'aime pas cela.

Fatima qui s'apprêtait à enfiler son voile noir entendit la réplique de Djohra :

– Si argazi gagne sur les deux tableaux, toi tu n'es pas mieux. Tu vas vouloir te faire rembourser six billets pour la valeur de trois. Je me demande qui est le plus pire, argazi ou toi. Vous n'êtes que des radins tous les deux.

– Justement, c'est pour cela que je vais devoir lui arranger son turban. Amar a une famille et n'a qu'à s'en occuper comme le fait avec moi argazi. Maintenant, laisse-moi. Tu vois bien que je m'apprête à sortir. Tu veux que je te fasse tes courses ?

Djohra souriant à peine, répondit :

– Non, merci je vais envoyer une de mes filles, Habiba ou Louisa.

Dès que la belle-sœur eut le dos tourné, Fatima rangea rapidement sous une pile de draps, le reste de l'argent, se disant en elle-même :

– Je vais vous faire grossir mes « petits » en allant faire cracher ce radin de beau-frère. Au retour, je passerai par le quartier des bijoutiers m'acheter quelques pièces de louis d'or. Cela me fera un peu plus et pourra me servir en cas de besoin, plus tard.

Fatima qui avait prit l'habitude de camoufler sa fortune, un peu partout, sous les draps, les matelas ou les tapis, refusait de mettre son mari dans le secret. Lorsque celui-ci voulait un peu de liquidités, elle commençait par geindre. Puis changeant d'avis, elle exigeait de lui qu'il se tînt à l'écart. Elle n'admettait pas que son époux cherchât à dilapider les douros, qu'elle amassait petit à petit.

Il lui arrivait aussi de se dire que ses économies étaient dépourvues d'ailes et que personne ne pouvaient en disposer pour les faire voler à sa guise, vers d'autres cieux inappropriés.

En outre, elle ne tenait pas trop à ce que sa fortune allât remplir la besace des profiteurs qui gravitent autour de son homme. Autant Fatima était économe, autant Djohra, était dépensière. Le surnom de « Fatima-la bourrasque » venait du beau-frère Amar, qui ne l'aimait guère.

Ce qui engendrait de fameuses joutes verbales. Tout le monde s'en mêlait du plus petit au plus grand.

En somme, c'était sa gestion financière, à elle ! Elle ne tolérait aucun contrôle ! Au début, nonobstant tous les problèmes financiers, qui les opposaient, les deux frères avaient choisi d'habiter dans une maison à deux niveaux. Chaque famille occupa, indépendamment l'une de l'autre, une vaste chambre, située au rez-de-chaussée. Seul un immense palier, jouxtant un large patio carré, séparait les deux foyers. Jusqu'au jour où Amar abandonna le foyer conjugal. Il trouva refuge dans le garage Francini, qui lui offrit toutes les commodités sanitaires voulues. En effet fâché avec les mosquées, l'oncle, un brave pieux, préférait pratiquer plutôt à domicile, sa religion.

Mais ce dernier endroit lui paraissant manquer d'intimité, il opta dès lors pour le logement que lui offrait sa fonction de gardien garagiste. En fait, l'habitation familiale ne comportait, en guise de vraies lieux d'aisance, qu'une pièce sombre, dépourvue de porte et de lumière. L'endroit baptisé pompeusement « toilettes », par le propriétaire, n'offrait aucune pudeur. D'autre part, la configuration de l'endroit ne lui permettait pas de procéder convenablement à ses ablutions religieuses. En outre, ce cabinet de toilettes était plutôt régulièrement utilisé, par les femmes bien plus confinées qu'un homme. Ce lieu ressemblait notamment à un trou « troglodyte », d'une profondeur de plus de quatre mètres. Avec, dans le fond, une cavité béante, creusée à même le carrelage. Seules les dames le fréquentaient. Elles s'y accroupissaient avec appréhension. Malgré le risque certain de se faire mordre les fesses par les gros rats d'égouts, qui en sortaient de temps à autre. Par mesure de sécurité, concernant les enfants, chaque mère de famille était tenue d'accompagner sa progéniture. Quant aux hommes, ils allaient se soulager, naturellement, soit dans les cafés maures, soit dans le recoin d'une rue. Si le rez-de-chaussée et le premier étage étaient habités par les autres familles kabyles, le deuxième était réservé essentiellement au propriétaire des lieux, qui était de la même ethnie. Le petit immeuble, situé dans le quartier Perrégaux, au centre du village arabe, avait mauvaise réputation. Les voisins Arabes l'appelaient dédaigneusement : « la maison des Kabyles ».

La famille de l'oncle Amar était composée de Djohra, l'épouse, qui avait déjà un fils, né d'un premier mariage. Venaient ensuite Louisa, Habiba et Mohamed. Djohra, surnommée « Nana », était petite et voûtée. Malgré son défaut, de dépenser par excès, elle était d'une très grande gentillesse. Elle était généreuse et partageait facilement le peu qu'elle pouvait obtenir de sa belle-sœur Fatima. Bien qu'elle marchât courbée, elle donnait l'impression d'avancer plutôt droite. Elle avait le cœur sur la main. Elle ne tenait aucun compte de la risée des méchantes voisines, à l'égard de sa démarche. Ses deux filles Louisa et Habiba étaient gracieuses et serviables. Si Louisa était quelconque, Habiba était bien plus belle. Quant à Mohamed, le jeune garçon, autant il était bon et sympathique, autant il pouvait être le plus grand menteur que la Terre ait jamais porté. Ses mensonges qui n'étaient point méchants, devenaient comiques. Tout le monde en riait, y compris lui-même, rendant ainsi l'atmosphère plus amicale et non haineuse.

Le problème dans cette famille s'appelait « Amar », dont la radinerie était légendaire. Lequel, si au début, de son mariage, il se contenta d'habiter quelque temps dans la maison incriminée. Il finit cependant par délaisser, pour les raisons invoquées, son foyer conjugal, pour un endroit conforme à ses convictions. En plus, la famille de monsieur Francini, ne faisait aucune différence entre les deux frères. Elle appréciait, à égalité, tout autant Bouraoui, le client, que l'employé Amar. Madame Francini, bien qu'elle fut petite et ronde, arborait assidûment une allure de princesse et était toujours bien coiffée. Le sourire ne quittait jamais sa figure apaisante. Femme de convenance, elle descendait régulièrement de son appartement, situé en terrasse. Elle venait saluer la clientèle de son mari. Laquelle était composée d'avocats, de médecins, de notaires et de Bouraoui. Dont le car était souvent raillé, amicalement, par le maître des lieux.

Le véhicule occupait tout le fond du parcage. Quant aux autres voitures, elles étaient pour la plupart réparties dans les étages supérieurs. L'édifice aménagé en hauteur sur plus de six niveaux, se situe dans le bas de la rue Georges Clemenceau, faisant l'admiration de tous les badauds. Les curieux aimaient assister au plateau élévateur, qui montait les véhicules à l'étage. Pour ce qui est du dernier niveau, c'était la magnifique demeure du propriétaire. Dans laquelle, la famille Francini y donnait parfois des soirées « couscous », avec le concours des femmes des maisonnées Bouraoui, Amar et de l'oncle Améziane, un proche cousin.

D'autre part, Fatima, avait le don de tenir tête à n'importe quel homme. Malgré son voile noir, couvrant sa silhouette, elle allait toujours de l'avant. Son esprit rebelle lui insufflait le courage de naviguer à sa guise « voile en poupe », dans un milieu arabe hostile et misogyne. Si sa rudesse verbale ne suffisait pas à maintenir à bonne distance, n'importe quel mâle inconscient ou autre femme écervelée, son regard bleu azur prenait le relais. En un mot, elle savait se faire obéir et ne faisait que ce qu'elle voulait.

De son côté, Bouraoui, autant il était profondément bon et généreux, autant il prêtait une oreille sourde aux multiples recommandations de prudence, de sa banquière à domicile.

Cette dernière, ne cessait de lui faire comprendre, que sa générosité égalait le geste de celui qui jetait par les fenêtres tout l'argent, qu'il gagnait.

En réponse, celui-ci lui maintenait qu'il avait le droit de faire ce qu'il voulait et qu'il agissait par solidarité tribale et amicale. Il nourrissait, effectivement, plus de trente personnes adultes, sans compter les enfants, les cousins, les cousines, les amis et autres amies. Il était le seul à se démener comme un bon génie qu'il était. Mais sa poche dépassait l'image des vœux de « la lampe d'Aladin » : « On frottait, on demandait, on obtenait » !

Contrairement à ce cas précis, « la poche magique de Bouraoui » ne s'arrêtait pas au troisième vœu. Elle enchantait son entourage, sans limites. En revanche, Fatima qui était tout le contraire, comparait son bienfaiteur communautaire à l'imprévoyante « cigale ». À l'instar de la fourmi, l'épouse épargnait sa fortune sans épargner par ses propos caustiques, les parasites qui voulaient profiter de sa bourse. En ce sens que la réserve monétaire, dont pourrait avoir besoin un jour son mari, augmentait continuellement. Toujours sur le qui vive, elle faisait la guerre à toute sa belle-famille, répétant sans relâche à ses quémandeurs, toujours la même sentence : *« Oulach issourdiane ! (pas d'argent ! « En kabyle ») »*

Par ce comportement, que la plupart prenait pour de la mesquinerie, elle obligeait de la sorte chacun des nombreux paresseux de la tribu à se trouver un emploi. Puis un jour, sans s'y attendre, une information produisant l'effet d'une bombe, capta l'intérêt de la belle kabyle. Cette dernière apprit par monsieur Francini que tout l'ensemble immobilier, abritant entre-autre les locaux du quotidien « La Dépêche de Constantine », était à vendre. La femme-fourmi se portât immédiatement acquéresse potentielle. Ce qui était étonnant c'est qu'elle dit au garagiste qu'elle pouvait payer le tout au comptant. Elle pensa que son rêve allait enfin se réaliser. Elle, la fille inculte, descendue de sa montagne, habiter un des beaux appartements réservés à l'élite coloniale. Mais elle oublia que son mari avait aussi son mot à dire. Au grand regret du brave Charles, le garagiste, et l'énorme déception de l'épouse-économe, l'affaire se dégonfla aussi vite.

Le refus brutal de l'époux refroidit illico l'enthousiasme de tous les intervenants à la transaction immobilière. En fait Bouraoui, fidèle à ses principes, n'éprouvait aucun besoin à s'agrandir ou à quitter la discrétion du village arabe. Il avait refusé derechef. Alors que les moyens financiers de son épouse étaient au beau fixe. Le garagiste médiateur, ne savait plus quoi en penser.

Il se dit, cependant : « *Voilà une femme intelligente, traînant un boulet de mari sans aucune parcelle d'envergure.* »

Fatima, reprochera ce projet à son mari toute sa vie. Tout comme elle l'avait déjà fait pour une autre proposition commerciale, faite dans les années 30, par monsieur Marquez. Ce patron possédait une florissante entreprise de bois et charbon. Ce dernier étant sans héritier, offrit une association légitime à Bouraoui, son employé modèle. Larbi, devenu chauffeur-livreur, déclina l'offre. Il voulait absolument créer sa propre entreprise de transport public. Il réussit tout de même à la monter, en partie grâce à la générosité de ce même monsieur Marquez.

À la suite de ce deuxième refus, Fatima en éprouva un tel chagrin qu'elle tomba malade. Elle fit une fausse couche. Elle reprit sa quête, en femme de caractère, et non plus en femme-fragile. Elle ne voulait pas que la misogynie locale la considérât comme faisant partie de la « caste des faibles femmes ». Elle voulait être « Fatima-l'indomptable ». Elle se fit encore plus courageuse et intolérante qu'à son habitude. Par le fait, depuis cet échec, elle se traça un chemin, encore plus profond. Elle se forgea à l'exemple de sa mère Ouahchia, qui à la mort de son mari avait apprit à labourer, elle-même, ses champs de blé. Laquelle, jamais ne se remariera par fidélité à son époux, disparu tragiquement, un jour d'été. Ce dernier qui travaillait sa terre en bon fermier, fut assassiné par des Arabes de passage en Kabylie. Le forfait accompli, ils lui volèrent un des deux chevaux de trait. Ouahchia, jeune veuve, dût élever dignement, seule, ses deux garçons et sa fille unique Fatima. Avant tout, elle enseigna à ses trois enfants, privés de père, le courage et la volonté de toujours prendre à cœur, leurs tâches quotidiennes.

La fille orpheline grandit dans le bonheur au sein d'une famille amoindrie, mais pleine de ressources et d'initiatives. Du vivant de son père, elle ne ratait jamais l'occasion de l'accompagner au labour. Elle regardait son paternel atteler, à la charrue, ses deux magnifiques chevaux qui piaffaient d'impatience, ne demandant qu'à tracer les sillons dans le sol meuble. Puis elle entendait qu'un léger claquement de la langue ordonnait le départ. Marquant encore une fois la terre ocre avec leurs sabots, les deux animaux s'ébranlaient avec un hennissement de contentement. La petite fille debout, en bordure du champ, suivait du regard les profondes traces laissées dans le sol, par le puissant soc.

Après la mort dramatique du mari, le sort s'acharna sur le foyer de Ouahchia, par la perte tout aussi tragique du fils aîné, qui fut retrouvé éventré, à l'ombre d'un figuier. Le malheureux garçon gardait un troupeau de moutons ; il ne put contenir la charge furieuse d'un bélier, rendu fou par le soleil. La maman pleura à nouveau la mort de ce fils qui avait reprit courageusement la suite du père. Omar, le cadet, se jura d'assurer physiquement la succession. Ouahchia ne voulant point qu'un nouveau drame survint, s'opposa à cette idée. Elle vendit ses moutons qu'elle remplaça par des vaches. Elle s'occupa de tout, par elle-même, aidée par sa fille Fatima, dont le chagrin fut aussi sans borne pour la mort cruelle de son frère aîné.

Les années passèrent. La petite devint plus aguerrie que jamais. Elle était loin de se douter que ses jolis yeux bleus admireront un jour, les billets de la banque d'Algérie et de Tunisie, en épousant un jeune venant d'un village voisin, Bouraya. C'était un bourg d'une centaine d'âmes, perché comme un nid d'aigle. Situé dans la chaîne montagneuse des Bibans, l'habitat est adossé à l'Est à la montagne et du côté Nord-Ouest, bordé par une immense forêt. Le petit village, aligné plein Sud, donne sur un profond ravin, dominant toute la plaine de Tabouchikht et Tachira. Le côté Ouest configure une piste qui descend en pente douce, sur plus de vingt kilomètres, jusqu'à la vallée d'Ouled Ali, qui est aussi une station de chemin de fer.

La gare digne du meilleur décor pour un western américain n'avait rien à envier à l'Arizona ou au Texas. Juste une cabane que la main du cheminot eût dû poser là en pleine nature. Dépourvue de fenêtre avec une porte ouverte, à tous les vents, l'endroit servait parfois de lieux d'aisance, aux visiteurs de passage, faisant le bonheur des mouches à bouse.

Lesquelles, sitôt le train entré en gare, prenaient d'assaut les wagons surchauffés par le soleil, au grand désespoir des contrôleurs et des voyageurs. Ceux-ci assistaient indolemment au déferlement de ses resquilleuses volantes, dont l'avidité est légendaire, se délectant de la morve au nez ou de la cire dans les yeux bouffis par le sommeil. Soudain une des mouches piqua furieusement la fistule dentaire d'un vieil endormi, en ayant l'air de lui dire : *« Tiens chibani – (vieux) – de mes deux ! »*

Une autre congénère qui se gavait de cire sur le bord de l'œil d'un petit garçon intervint :

– T'es folle ? Tu vas le réveiller et le mettre en colère. T'as pas vu son éventail ainsi que sa tapette ? Avec ça, il peut nous écraser toutes les deux !

la première continuant de plus belle :

– Je m'en fous ! Je suis mauvaise. Je ne vois aucun enfant dans le wagon avec au moins une sucette à la main. Je me sens frustrée. J'aime tellement goûter aux sucreries, surtout lorsqu'elles sont recouvertes de morve, dégoulinant sur les lèvres d'un enfant somnolent.

– T'es vraiment folle !

– Que veux-tu ma chère, j'aime ! Allah a placé notre race dans un pays où le sucré-salé a la côte.

– T'es vraiment folle à lier ! Attends au moins les vacances d'été qui vont commencer dans moins d'une semaine.

Puis, en un seul bourdonnement agaçant, l'essaim d'insectes s'égaillera, dès le prochain arrêt, en empruntant les vitres ouvertes, à la recherche d'un autre festin aussi dégoûtant.

Un peu plus haut dans la montagne, après les thermes d'Ouled Ali, se trouve une caverne, d'où les vapeurs d'eau n'ont jamais cessé de s'élever par delà les cimes de la forêt.

Les malades rhumatismaux croyaient, qu'en venant là, avec l'aval du rebouteux, que la sueur qui se dégagerait de leur corps, perclus de douleur, allait les délivrer de leur mal. Malheureusement, il n'en était rien. Et le futur garçon qui verra le jour au foyer des Bouraoui en tirera toutes les conséquences.

Cependant une naissance masculine, avait du mal à dégager une éclaircie de bonheur en la demeure de ce jeune couple.

Plus l'époux s'impatientait, plus son épouse se posait des questions à chacune de ses prières :

– Allah, toi le plus Grand que me réserves-tu ? Si c'est un garçon je ne dirai pas non. Si c'est encore une fille et bien je ferai le bonheur de sa future belle-mère, pour qui elle trimera matin et soir. Elle lui donnera aussi des enfants à n'en plus finir. Entends ma prière Allah et si ce prétendu gendre serait sans travail que devrais-je faire pour l'aider ? Si tu ne me réponds pas, je vais te le dire, moi. Hé bien, je mettrai ce fainéant à la diète comme tout le monde. Ma fille ou pas, gendre ou pas je ne lèverais les deux index de mes mains que pour saluer ta Grandeur. Tu donnes et reprends. Tu es le plus grand ! Amine !

Fatima avait finit par développer un comportement d'une rare combativité vis-à-vis de la pratique religieuse. Autant elle était pieuse, avec une volonté de pratiquante sans soumission, aidant beaucoup les mendiants, autant elle était devenue intraitable. Sa vie, d'orpheline de père, l'avait bien façonnée, en cela. Elle comprenait et aidait les pauvres et par ses adjurations elle n'hésitait pas à reprocher à Dieu, de laisser ainsi croupir son peuple dans la misère. Autant elle pouvait être mielleuse à l'égal du miel, du rucher de son mari, autant elle pouvait se transformer en roc. Avec elle, nul besoin de contact physique pour se défendre. Son regard et son sourire lui suffisaient. Lorsqu'elle voulait se faire pardonner après avoir agressé injustement une voisine, elle lui fournissait une louchée de ce délicieux nectar.

Du moins Bouraoui, pris par ses occupations mécaniques, ne pouvait plus surveiller toutes ses ruches. Il en confia, donc, la charge à Rabah, l'époux de sa sœur unique Louisa. Ce beau-frère se découvrant un certain don d'apiculteur, soigna bien ces ouvrières. Elles lui produisirent le meilleur miel de la région. Butinant goulûment les fleurs sauvages de l'immense forêt de la chaîne des Bibans. Ces petites merveilles de la nature devinrent la coqueluche des villages kabyles avoisinants. Les clients venaient de partout acheter de ce délicieux produit. On l'appelait « le miel de la famille Iouass-Aïdane ».

Le rucher était devenu la fierté de ce chanceux, qui en tirait un réel bénéfice et faisait le bonheur de sa famille composée de deux garçons, Bouhou, Merzouk et une fille qui répond au doux prénom de Baya. Certes, la vie qui était dure dans le village montagneux, s'avéra bien plus paisible pour eux que celle de la folie citadine. D'ailleurs pour l'anecdote, Bouhou, l'aîné sera, quelques années plus tard, assassiné en 1960, dans une des rues de Philippeville, lors de la guerre d'Algérie. En cette période trouble, l'enquête conclura par la négative. Les proches ne sauront jamais, qui aurait pu être l'auteur de ce crime.

La famille pleura ce fils pendant quarante jours, se reprochant qu'elle aurait dû l'empêcher qu'il s'éloignât de son cher figuier.

Le destin de chacun étant ainsi écrit, ce fût à juste raison et par nécessité économique que Bouraoui abandonna à son tour cette contrée si belle et si dure. Il était le seul à trimer aux champs. Il lui manquait les bras des autres membres de la fratrie et n'arrivait à en obtenir aucun concours. La terre n'étant pas assez travaillée, ne pouvait produire de quoi nourrir la tribu. Une fois, même qu'un des frères affirma qu'il leur suffisait de se baisser pour ramasser les billets de banque à la pelle, dans la forêt voisine.

Devant tant d'inconscience, Bouraoui réfléchit à l'idée de s'expatrier. Il pensa que la ville était l'idéal pour convenir à la paresse familiale ambiante. Par contre, Louisa, la sœur, trouvant le projet inadapté à sa nature, rejeta l'offre et préférât rester au bled avec son mari Rabah et leurs trois enfants.

Bouraoui s'arrangea avec sa sœur, pour tout lui abandonner. Il lui proposa un contrat moral et demanda à son beau-frère, Rabah, de veiller, en plus du rucher, à exploiter aussi les autres champs céréaliers et de figuiers. Celui-ci accepta volontiers la gestion au profit de sa propre famille. Sauf, que sur les instances de Fatima, à l'instinct d'économe toujours en éveil, exigea que le beau-frère fournisse, une à deux fois par an, du miel et de l'huile, au foyer.

II
Larbi quitte Bouraya

Puis le départ se concrétisa. Le village Bouraya, qui vit la naissance d'un bouraoui, assista impuissant au départ de son autochtone. Lequel allait devoir vivre en simple allogène, dans une cité qui n'est pas la sienne. La séparation ne se fit pas sans lourde peine. Le jeune migrant avait le cœur gros. Il venait d'avoir ses vingt quatre ans. Arrivé dans le bas de la ravine, qui mène à la vallée, Larbi, s'arrêta. Il se retourna et envoya un salut silencieux à cet endroit. Où il était né et grandit au milieu d'une nombreuse famille, composée d'une fratrie de quatre garçons et de deux filles. Il se remémora un court instant l'incident du lion et se remit en chemin. L'anecdote du danger évité de justesse, fut vite oubliée. L'idée de la grande ville venait de remplacer le rugissement de ce fauve, à son encontre.

En plus, ce jour là, il avait la garde de quelques chèvres. D'une voix pleine d'émotion il dit :

« Adieu ma chère Tabouchikht, je n'aurai plus l'occasion de goûter à ton raisin ou à tes figues fraîches ou de barbarie. Adieu mes jolies abeilles et continuez à fabriquer du bon miel. »

La terre « Tabouchikht », dans le clan depuis des lustres, autrefois très prospère, se retrouva en friche, dépérissant d'année en année. Par ailleurs, personne ne sut le motif de cet abandon. De surcroît, des rumeurs circulaient que les Aït-Iouass-Aïdane devaient cacher un lourd secret. Là non plus, personne n'en sut rien. Le clan familial se retrouva ainsi pauvre et contraint à l'exil. Par voie de conséquence, habillé à la citadine, troquant sa djellaba et ses sandales en alfa, Larbi s'en alla par la piste poussiéreuse sur le chemin de son destin, vers celui de futur citadin.

Au détour d'un sentier, en pente, à hauteur de son olivier, qu'il avait planté la veille, un homme d'âge mûr, vint à la rencontre du jeune marcheur, qu'il apostropha fort gentiment :

– Où vas-tu comme ça jeune homme ? Habillé comme t'es, tu sens la grande ville !

Posant sa valise en carton à ses pieds, Larbi, embrassa respectueusement les épaules du vieil homme et lui répondit :

– En ville où j'y serai plus en sécurité ! Que veux-tu ! Je fuis la peur de la misère et celle du lion, qui a failli me dévorer, l'autre jour !

Le vieux se gratta un peu sa barbe avant de poursuivre :

– Je peux connaître le vrai motif de cet exil ?

Larbi, répondit avec un léger soupir :

– Si à la misère je peux opposer la force de mes bras, contre la puissance du lion je ne peux. Je risquerai plutôt de les perdre et ma tête avec. J'abandonne mon métier de berger, même si le troupeau appartient à ma famille.

– Je te comprends. Qu'Allah bénisse ta route, mon petit. Inchallah !

Puis après un autre salut, le jeune reprit sa route. Arrivé au douar Bouktone et comme le veut l'usage, Larbi devait traverser le passage public central faisant la longueur de la bâtisse, béante des deux côtés à hauteur du toit.

La mesure était stricte et la confiance ne régnait à l'égard de personne. La vigilance était de rigueur. Le village devait faire attention. Lui même, n'avait-il pas vécu l'enlèvement de sa dernière petite sœur ? L'odieux rapt fut l'œuvre d'une caravane commerciale d'arabes, de passage dans le pays.

L'édifice de convivialité consiste en une construction couverte par un toit, à double pente, dont la charpente est réalisée avec des troncs d'arbre de la forêt voisine. La construction comprenait en façade, deux estrades, en vis-à-vis, assez profondes, en pierre polie. Lesquelles surélevées à hauteur d'assise, épousaient toute la longueur du couloir central, large au moins de deux mètres.

Ces assises, conçues pour les réunions des habitants ou les rencontres amicales, pouvaient être aménagées, la nuit, en lits de fortune. Les étrangers en transit la nuit y dormaient. La population désignait, avec une pointe d'humour, cette sorte d'accueil du nom : « à l'hôtel étoilé ».

Ce jour là, lors de l'arrivée de Larbi, l'assemblée devisait gravement sur les horreurs de la première guerre mondiale, dont un jeune du village avait disparu là-bas : ***« Au chemin »*** et n'avait jamais été retrouvé. Ce fut tout ce que ce jeune de Bouraya perçut, avant de saluer l'assistance et de poursuivre sa route. Il constata qu'il était dix heures du matin. Il lui fallait activer sa marche. Avec des chaussures de ville, l'allure n'était guère commode sur la rocaille poussiéreuse.

Le soleil commençait à chauffer en cette journée de juillet. La route qui mène à Boni était plutôt longue, tortueuse et très pentue par endroit. Poursuivant à travers un sentier creusé à même le ravin, le berger entra dans le bourg At-Rached. Épuisé par la charge de la valise, il décida de s'y reposer, un moment. Apercevant une source, il s'accroupit et se désaltéra goulûment. Puis, il repartit, traversant la grande forêt de Ferracha. Assommé par la chaleur du soleil, traînant plutôt sa valise que la portant, il reprit de l'énergie dès qu'il entendit le bruit lointain d'un klaxon. Il hâta son pas. Le hameau de Boni et sa route carrossée par les français, lui firent l'effet d'un havre de fraîcheur. Le jeune marcheur en éprouva un profond soulagement. Il entra dans l'unique magasin-gargote où il prit un bon café chaud. Ensuite, il sortit pour constater que le bitume avait lui aussi reçut un coup de chauffe.

D'un côté, sur la droite, la route mène à Ighil-Ali et de l'autre, du côté gauche, la voie descend jusqu'à Bordj-Bou-Arréridj, via Medjana. Ce dernier lieu fut un des fiefs de la révolte kabyle de 1871, contre l'occupant français. La voie de liaison, traverse de part en part toute la chaîne des Bibans. Vers l'Est, le tracé mène à Constantine et de l'autre, vers l'Ouest, il rejoint la vallée fertile des Portes de fer et la route nationale d'Alger.

Au bout d'une très longue attente, le futur citadin prit enfin le car qui devait l'emmener à la gare ferroviaire de Bordj-Bou-Arréridj, d'où il prendrait le train pour la capitale de l'Est. La ville de Bordj renfermât à son époque une importante garnison militaire française, qui fut le théâtre de nombreux combats contre le soulèvement kabyle.

Assis dans l'autobus, le jeune voyageur se promit qu'il créerait plus tard un transport pareil. Car, il avait tout de suite remarqué que le moyen de locomotion direct, entre Constantine et Ighil-Ali, était inexistant dans cette région montagneuse. Il se dit qu'il serait le premier indigène à inaugurer cette liaison. Ce qu'il fera plus tard.

Pendant le trajet, il remarqua que l'étroitesse de la route ne lui faisait pas peur. Elle l'était tellement, qu'à certains endroits, deux voitures ne pouvaient se croiser. L'une des deux devait, obligatoirement, se garer dans un refuge naturel, en attendant le passage de l'autre. Les coups de klaxons effrénés étaient de rigueur.

Le voyage fut des plus agréables. Larbi prit le train comme prévu et n'arriva qu'à la tombée de la nuit dans la capitale du Constantinois. Il se mit en quête de trouver un matelas-lit dans un bain maure de la cité, pour y passer la nuit.

Prudent, il prit soin de réserver, préalablement, sa couchette. C'était une sorte de literie légère, posée à même les tapis, couvrant le sol. La faim qui commençait à se faire sentir, le contraignît à s'attabler dans une gargote. Une sauce indéfinie dans laquelle nageaient des miettes de pain maculait la moitié d'une table branlante. Probablement, le reste d'un précédent repas. Les mouches s'en donnaient à cœur joie. Au lieu d'aller dormir comme leurs autres congénères, quelques bestioles continuaient à faire trempette dans le liquide gluant. Un chasse-mouches, recouvert à craquer, pendait lourdement au dessus. Larbi qui n'était point délicat eut, tout de même, un haut le cœur. Mais son estomac d'acier reprenant le dessus, il commanda un plat de pois-chiches, très épicé, cuisiné avec des pieds de mouton.

De retour au hammam, il s'assit sur sa couchette, demanda une tasse de thé et engagea une conversation avec son voisin, jusque tard dans la nuit. Morphée le rappela à l'ordre et dut s'endormir. Il lui fallait se lever de bonne heure, pour son premier emploi. Le règlement intérieur de cet abri de fortune pour la nuit, étant la règle du lever tôt. En effet,

Le jour, la gestion et la fréquentation revenaient aux femmes. Dès cette heure matinale, cela débutait par l'arrivée de la matrone, qui haranguait sans retenue les hommes retardataires. Elle était chargée, aidée en cela par une armée de laveuses, de faire disparaître toute trace masculine. Il eut été injurieux pour elle qu'une cliente puisse remarquer le moindre cheveu ou poil d'un homme.

Tout devait être récuré. Il ne fallait pas heurter, à l'arrivée, les yeux de ses premières clientes. Dommage pour les machos de la nuit qui, le jour levé, ne puissent admirer toutes les couleurs de l'arc en ciel, parant cette agréable cohue féminine. Les femmes arrivaient avec des valises en carton, pleines à craquer.

Elles s'asseyaient à leur endroit favori. Elles se déshabillaient méticuleusement, se parant d'un pudique pagne qu'elles enlevaient prestement, arrivées dans la salle d'eau chaude. Une fois décrassées, épilées et lavées, elles revenaient fourbues, par la chaleur et la vapeur, faire un petit somme sur leur couchette respective. Une fois défatiguées et contentes d'avoir un corps si bien lavé, elles ouvraient leurs valises et se vêtaient de leurs plus belles robes. Si elles avaient des filles à marier, elles les habillaient de la même façon. Tout était calculé. Il fallait paraître au regard scrutateur des marieuses professionnelles, à la recherche de la plus jolie des filles. C'était leur rôle de dénicher la meilleure des « miss Bains ». Pour ces apparieuses, le vice était jusqu'à surveiller si les filles s'épilaient ou se caressaient entre elles, dans la petite salle d'eau. Sous le couvert d'un jeu innocent ou pas, le manège se pratiquait discrètement. Parfois, il pouvait se révéler même un peu douteux. Ceci à l'abri du regard d'un frère ou d'un cousin en âge d'être encore admis au hammam. Car, il arrive aussi que les mères à l'affût de cet état de fait interdisent que les enfants mâles lorgnent de ce côté. De surcroît, elles ne voulaient pas que leur marmaille apprenne trop tôt que l'entre-cuisse d'une jeune fille puisse cacher, l'obscur objet du désir.

Dommage que celle-ci ne foule plus toute nue son nouveau paradis, version humaine. Elle aurait pu rendre la vie sur Terre moins monotone et permettre à l'homme de sentir, sur elle, l'odeur de son savon préféré, parfumé au « Plum-Plum ». Depuis, que l'Éden a baissé son rideau, l'homme cherche toujours sa première compagne d'infortune, errant sur la cime de l'histoire avec une côte en moins.

De nos jours, cette descendante, de l'originelle, continue son chemin abritée par un voile. Elle n'aspire plus qu'à une seule chose, se faire respecter par la race bipède des hommes. Car en ce milieu, le statut de la femme est inexistant. Certains individus iront même jusqu'à reprocher, affirmant :

« Tais-toi ! Femme ! Tu n'existes pas ! Et sans moi, tu n'existerais pas ! C'est Allah qui t'a forgé en me prélevant une des mes côtes, à partir de laquelle tu as été forgée ! »

Il était juste huit heures du matin, lorsque Larbi arriva chez son patron, avenue du 11 Novembre. C'était une entreprise de livraison de bois et de charbon. L'entrepreneur, d'origine espagnole, s'appelait Marquez.

Jean, prénom du chef d'équipe, mit Larbi au tri du bois pour remplir une benne de camions en partance pour une livraison. Le prochain client était Mohamed, le propriétaire du bain maure, pour la chaudière de son hammam. L'eau portée à température presque bouillante, était acheminée par une grosse canalisation. Le liquide remplissait ensuite une grande cuve, en pierre de taille, aménagée à l'intérieur de la grande salle d'eau. Aux horaires prévus, les clientes ou les clients, s'y allongeaient offrant, respectivement, leur corps fourbu aux masseuses et masseurs.

Larbi exercera plusieurs années le métier de trieur de bois et charbon. Situation faite, il vit se réaliser son rêve d'apprendre la conduite. Grâce à l'aide amicale du patron, le jeune employé fut inscrit aux cours d'adultes du soir. Par ce moyen, il apprit à lire et écrire un peu le français. Ce qui lui permit avec ce petit bagage de francisation, à être l'un des premiers autochtones de Constantine à obtenir son permis de conduire intégral, en novembre 1929 : poids lourds et transport en commun.

Il travaillera encore quelques temps comme chauffeur-livreur. Mais l'envie de posséder sa propre affaire le tenaillait. Notamment, il pensait aussi à se marier. Il retourna, donc, à Bouraya, se chercher une épouse. Tant fut sa surprise lorsqu'il arriva chez lui, sa mère lui dit qu'elle lui a trouvé une belle jeune fille, prénommée Fatima, habitant Bouktone, de l'autre côté dans la vallée.

La future épouse, étant orpheline de père, ce fut son oncle paternel qui organisa ce mariage.

La fête dura une semaine et donna lieu à une belle cérémonie. Les femmes étaient vêtues de leurs plus belles robes aux couleurs les plus chatoyantes, rehaussées par des bijoux kabyles. Les hommes drapés dans leurs burnous blancs, tiraient des salves de fusils. La nourriture était abondante. Tout le village avait été invité, ainsi que les voyageurs-étrangers de passage.

De par sa situation, le marié était considéré comme un très beau parti. Et c'était une fierté qu'une orpheline de la montagne habitât une grande ville.

De retour à Constantine Larbi et sa jeune femme emménagèrent dans la ville arabe du quartier Perrégaux. L'endroit renfermait une forte densité d'Arabes et de descendants d'Ottomans.

Le couple y trouva une des maisons. Laquelle était habitée par des kabyles de la région des Bibans. En plus du propriétaire et de sa famille, il y avait environ une dizaine d'autres familles locataires. La distribution interne de l'habitation comportait en son milieu un grand patio. Sur lequel poussait un immense mûrier de plus de quinze mètres, étalant en hauteur ses larges branches. L'entrée de la maison, comprenait une haute et profonde entrée, que l'on devait traverser uniquement dans la pénombre. À partir de là, et au niveau d'une deuxième porte blindée, tout inconnu masculin se devait de s'annoncer à haute voix :

« Y a radjal ! Y a radjal ! Il y a un homme, Il y a un homme, cachez vous les femmes ! »

Ces dernières reprenaient aussitôt le cri en écho, quittant rapidement la cour où elles faisaient le ménage. Malicieuses, elles rabaissaient sur leurs jambes nues, les plis de leur ample robe, s'abritant derrière un simple rideau. Les ménagères ne perdaient rien de la démarche de l'homme, qui faisait son possible pour éviter les ustensiles abandonnés en vrac, sur le carrelage.

La plupart des femmes étaient malheureuses de cet état de fait. Elle n'aimait pas que la grande ville leur imposât ces ridicules cachotteries : se cacher et se voiler !

Alors qu'en Kabylie, rien de tout cela n'existait !

Les convenances et la mentalité indigène du moment, étant les plus fortes, il fallait absolument respecter leurs us et coutumes, imposés depuis leur occupation civilatrice au septième siècle. Par atavisme, il se trouve que les descendants de ces lointains migrants confessionnels, avaient des yeux et des oreilles partout. Ils se méfiaient et espionnaient constamment ces gens, au jargon bizarre, descendus de leur montagne. Pourtant, combien elle est belle cette langue berbère, aux sons aériens. Lorsqu'elle est parlée, elle n'est point gutturale. Elle chante la bravoure de ses ancêtres, la beauté de ses femmes, la poésie de la vie, les fleurs et la nature. Aussi légère que l'air, elle donne l'impression de prendre son envol dès la sortie des lèvres. Elle vole en parole libre, sans attache ni mépris. Plusieurs fois millénaires, ce verbe de liberté s'imposât, moult fois dans l'histoire ! Il régnât fier de ses racines, et de ses illustres représentants, de par le monde méditerranéen jusqu'au centre de l'Afrique. Pourtant, combien elle est belle cette langue ! Elle flotte immuable, ondulant sur le fleuve du temps. D'instinct, elle remonte toujours se ressourcer à sa racine. D'instinct, elle reprendra son ondulation en aval vers son autre destin !

Comparativement à sa jeune épouse, qui était vraiment belle, l'heureux veinard n'avait rien d'un Apollon. Il était quelconque physiquement, sa beauté résidait, plutôt, dans sa bonté, son courage et l'argent qu'il gagnait. En sus de sa grande tribu, il nourrissait toute une flopée de paresseux et de vauriens, nés avec un figuier de barbaries au creux de la main. Certes, qu'il se faisait maltraiter injustement. Et comme d'habitude, il se contentait de hausser ses épaules. Par contre, il était plus sensible aux femmes qui aimaient le comparer à un « Bousaâdia ! »

Il prenait cela pour un compliment. Bien que la formule s'appliquât plutôt pour désigner une personne exotique. Ceci dit, par allusion au commun des hommes noirs qui montaient du sud Algérien, pour venir jouer du biniou ou du tambourin et dire la bonne aventure, moyennant quelque subside. Ainsi, Bouraoui, devenu « Bousaâdia », pour ces admiratrices, donnait parfois l'impression de ressembler à cet étrange personnage. Alors qu'il n'en était rien. Il plaisait pour sa générosité, sa gentillesse, sa modération, son ingéniosité et sa manière de bricoler aussi bien la mécanique que l'électricité domestique.

L'homme trimait sans jamais se rebeller. Il faisait comprendre que c'était sa famille, tout de même.

Il leur excusait n'importe quelle erreur. Ce fut dans ce milieu singulier que Fatima, la jeune épousée, débarqua. Elle prit racine, assimilant prestement la philosophie, du moindre effort, cultivée par la famille de son mari. S'inspirant de sa propre théorie, elle comprit qu'une petite pousse de figuier sans protection contre la voracité des chèvres ne pourra donner de figues. Aussi dut-elle s'armer contre la gabegie de son mari, à l'égard des siens.

Forte de ses convictions, la nouvelle venue, dans le clan, prit soin de faire la guerre au gâchis clanique. Elle n'hésitait pas à leur dire :

« Bande de fainéants et de profiteurs, vous ne méritez pas qu'argaziou – (mon mari) travaille pour vous ! »

Elle ne craignait pas de faire preuve d'une grande audace. Elle agissait telle une femelle fauve, qui protège ses petits. C'était sa façon, à elle, de marquer son territoire. De la sorte, elle cherchait à protéger son époux de la prédation d'une communauté adepte de la paresse. Contre toute attente, vint le jour de la délation gratuite. Djohra, patienta toute une journée assise sur la marche du patio, pour rapporter un événement anodin à Larbi. L'épisode innocent, en lui-même, se transforma en une énorme affaire immorale. Lorsqu'elle vit son beau-frère, elle l'apostropha vivement :

– Y a argaz, tiens ta femme en laisse. Elle n'a rien à faire au milieu de nous. Nous sommes des femmes honnêtes !

La rougeur monta au visage de Larbi :

– Femme de mon frère Amar, en quoi ma femme est-elle une femme malhonnête ?

Joignant la parole, à un geste minaudé, Djohra poursuivit :

– Beau frère, tu es le frère de mon mari, j'ai vu ta femme, aujourd'hui même, faire un signe de la main au cousin Ali, venu rendre visite à sa cousine Taous. Fatima a refusé de se cacher comme nous toutes derrière le rideau, lorsque cet homme a traversé le patio. Elle est restée accroupie là, les jambes dénudées jusqu'aux genoux. En plus, elle ne t'a même pas donné encore un fils ! Alors que moi j'en ai deux ! Qu'Allah me les bénisse ! Inchallah !

Sans réfléchir ni chercher à déceler le vrai du faux et son sang n'ayant fait qu'un tour, le mari outragé entra en trombe dans la chambre. Il empoigna sa femme qui était assise. Elle avait les jambes croisées, donnant le sein à sa fille Yamina, âgée de quelques mois. Il lui arracha le bébé, qu'il jeta sur la pile de matelas, entassé dans le coin opposé de la pièce.

Il lui asséna ensuite un violent coup de poing sur la figure, ponctué d'un crachat :

– Tu fais l'intéressante maintenant ! J'aurai dû te laisser dans ta montagne avec tes chèvres !

La femme insultée dans son honneur se leva silencieusement, prenant dans ses bras son bébé en pleurs. Elle fit face à son mari qui avait les yeux exorbités par la colère :

– Tu fais une grave erreur en écoutant cette folle. Elle ment, parce que je l'ai sermonnée une ou deux fois. Ce n'est qu'une paresseuse comme toute ta famille. Y a Rabi dans quelle famille je suis tombée ! Tu manques d'intelligence et de discernement. La jalousie la rend aveugle et toi avec ton esprit borné tu gobes ses paroles de serpent. Oui, c'est vrai que j'ai fait un signe à Ali et après ? N'oublie pas qu'à Bouktone, je prenais la peine de

l'embrasser ! Je rêve ou quoi ! C'est quoi ton problème ? T
tellement fréquenter les gens de ton origine.

Malgré le coup de poing encaissé, l'épouse garda son caln
reprit la parole :

– Nous sommes maintenant en ville. La Kabylie est à plus de trois cents kilomètres. Nous sommes entourés de ces gens et nous devons nous conformer à leur coutume.

– Ma parole, tu parles et penses comme eux maintenant. C'est plutôt toi qui a un esprit englué par trois cents kilomètres d'âneries. Tu as vite oublié l'histoire de tes ancêtres massacrés par les lointains ascendants de ces mêmes personnes que tu fréquentes ! Ils s'amusaient à décapiter à coup de cimeterres les têtes blondes de nos cousins kabyles, pour les exposer à Bab-El-Oued. Ceci dans le but de faire croire à la population ottomane algéroise, que c'étaient celles des Français, à cause de leurs yeux bleus ou verts ! Á voir la tienne, cela ne m'étonne pas que ta famille ait pu échapper à un tel génocide.

Le ciel venait de tomber sur la tête de Bouraoui.

Il s'avança dangereusement vers sa femme, qui recula serrant fortement sa petite fille contre elle. Puis l'épouse présenta quelques excuses :

– Je suis désolée pour mes paroles. Tu m'as frappé et cassé une dent. Il ne me reste plus qu'à puiser dans ma cagnotte, pour me la faire réparer par le « Caïd Ottoman », le dentiste du quartier. Comme je viens d'insulter ses ancêtres, je suis obligée de le consulter. Tu vois la vie est ainsi faite. Une fois on est décapité par un ennemi, une autre fois c'est le descendant du même ennemi qui nous soigne. Tu vois ? Et toi, ton coup de poing vient de te faire perdre un peu de ton argent !

Le mari bafoué par la grave injure ne sut que répondre :

– Je ne comprends rien à ce que tu me racontes, là.

Fatima sourit malgré la douleur :

– Je pleure mes origines blondes ou rouquines aux yeux bleus ou verts, dont le massacre fut effacé par le temps. Je pleure de ne pouvoir faire ce que je veux. Je pleure d'être enfermée dans ce milieu. On dirait que j'habite une prison. Je pleure la mentalité de tous ces hommes qui ne pensent qu'à une chose de nous : de n'être que leurs esclaves au lit. Et de cela au nom de toutes mes semblables, j'en ai marre ! Nous en avons marre ! Vivement mes prochaines vacances à Bouktone où je pourrais à nouveau marcher la tête haute et non voilée et saluer ou embrasser, qui je veux !

Bouraoui ne trouvant rien à redire, fit demi-tour et ressortit. Il pensa que sa femme avait trop de caractère et pouvait même être la réincarnation d'une autre femme de l'histoire, la célèbre lala Fatima, qui leva toute seule e armée, pour bouter hors de Kabylie l'envahisseur français. De son pas nonchalant, le brave homme s'en fut quérir un conseil auprès de ses amis, les rebouteux. À qui il déclara que son épouse devait passer par une séance d'exorcisme.

III
Naissance de Mokrane

Les mois passèrent sans qu'une nouvelle dispute vienne jeter l'ombre de la mésentente au sein du couple. Malgré la nouvelle grossesse de Fatima, l'entourage familial continuait de plus belle à maudire cette belle-sœur au cœur de pierre et au ventre incapable d'accoucher d'un garçon.

Le mari, malchanceux jusqu'alors, espérât en un miracle. Les oracles fallacieux de ses copains charlatans, continuaient moyennant quelque argent, à toujours lui promettre que sa femme aurait un garçon. Ils lui conseillèrent même de le prénommer « Abdelkdader », comme l'illustre émir.

Enfin de compte, ce fut une fille qui vit le jour : « Houria ». En dernier lieu, les coquins apprirent au père crédule que le soleil, homonyme masculin, était ce jour là, en concurrence avec la lune, qui était encore bien présente dans le ciel matinal. Ce fut, donc, l'astre de la nuit, homonyme féminin, qui l'emporta. Bouraoui goba encore une fois de plus, les sornettes d'un tel charlatanisme. Il en sera ainsi tout le temps. Et le garçon que sa femme finira par lui donner un jour, subira les plus graves conséquences.

Quelques temps après, le ventre de l'épouse, que tout le monde disait habité par le Sheïtan, s'arrondit plus que d'habitude. Cette fois là, les obscurs saltimbanques, finirent par percevoir l'heureuse révélation. Ils annoncèrent à leur naïf bienfaiteur que sa femme allait enfin accoucher d'un garçon. Ils lui recommandèrent de visiter aussitôt le tombeau du grand marabout Sidi Okba, aux environs de Biskra. Motivé par les bons conseils et après en avoir parlé à sa femme, le père prit congé, s'octroyant une absence sabbatique de quelques semaines.

L'indomptable Fatima émît tout de même des réserves :

– Tu sais y a argazi, je suis à mon sixième mois de grossesse. Nous sommes à la mi-janvier. Si tu sais bien compter, je devrais accoucher probablement d'ici fin avril. Tu pars à Biskra sur les conseils de tes charlatans. Tu as intérêt à revenir dans les trois jours de la naissance de notre enfant. Tu connais l'état civil des roumis. Si le délai de ces trois jours est dépassé, ton fils ne pourra pas se faire appeler « Abdelkader », comme le veulent tes amis rebouteux. Si pour une raison ou une autre, tu arrives trop tard, je serais dans l'obligation de lui donner un prénom kabyle, avant la fin du troisième jour. Es-tu d'accord ? Enfin quelle idée saugrenue « Abdelkader » !

Le mari un peu décontenancé, haussa ses larges épaules, marmonna des paroles sibyllines et s'en fut préparer son voyage vers Biskra. Il loua un taxi pour le Sud algérien, refusant tout autre client à bord.

L'épouse se retrouva seule. Elle regarda longuement son ventre et le caressa délicatement, elle se dit :

« Tu seras mon premier né. J'espère que tu seras vaillant. Et si ton père revenait tardivement, tu porteras le prénom de « Mokrane ». De toute façon, je pense qu'il ne sera pas là à temps. J'ai l'impression qu'il va être retenu par la musique des Ouled Naïls, pleine de mystère et de charme. Surtout lorsque leurs jolies filles se mettent à danser. Bouraoui qui lui même joue très bien de la flûte, aime beaucoup les airs musicaux de cette région. Enfin, pour l'instant, tu es comme moi, mon petit bébé. Nous ne pouvons rien faire d'autre que d'attendre. Je prie la Miséricorde d'Allah de te faire appeler « Mokrane ». Mon fils, j'espère beaucoup en ta venue, inchallah ! Tu seras mon sauveur. Tu me sauveras du déshonneur. Car au milieu de toutes ces croyances absurdes, une femme qui n'enfante pas d'un enfant mâle est jetée en pâture aux dents acérées de l'esprit mesquin, qui anime tous ces drôles d'ignorants. Tu te rends compte mon petit à naître ? Moi aussi, j'ai été une fille et ce n'est pas pour ça que j'ai raté ma vie. J'ai même été d'un grand secours pour ma famille, là-bas dans mon beau pays. Et je me retrouve là assise au fond d'une chambre plongée dans la pénombre. Avec pour seul compagnon en mon sein, toi mon futur « Mokrane ». Je me demandais souvent ce que j'allais devenir. Mais maintenant te sachant là, en cours de route, la maman enveloppa son ventre avec ses deux mains, je n'ai plus peur de personne. Je continuerai à me bagarrer contre la Terre entière s'il le fallait. Le maudit Sheïtan n'aura plus qu'à se tenir tranquille. Tu sais mon fils à naître ? Je te mets dans les confidences d'une mère, qui t'a attendu si longtemps.

Tu sais que ton père n'a pas commencé sa carrière comme transporteur de voyageurs. Il a débuté chez un marchand-livreur de bois. Au début, il ne remplissait que les bennes de livraison. Le patron remarqua que mon argazi était un très bon ouvrier. Il l'inscrivit aux cours de français pour adultes. À partir de là, il obtint son permis de conduire toutes catégories. Fatima inspira fortement, reprenant son récit : « Ce patron s'appelait, je crois, monsieur Marquez, et n'avait aucune descendance. Il proposa à ton père une adoption légitime, qu'il refusa.

Larbi, n'avait qu'une seule idée en tête, posséder sa propre affaire. Mokrane, mon futur garçon, je sais que tu ne peux m'entendre mais que tu peux ressentir mes sentiments. Je fais de toi mon confident privilégié. Plus je te parle des affaires refusées par celui qui t'a enfanté, plus je me conforte. Ce qui m'empêche de devenir folle au milieu de toute cette foule, sourde et aveugle. La dernière grosse bêtise que ton père me fit, fut son refus d'acheter tout un ensemble immobilier. Tu le découvriras par toi même plus tard, mon fils. Moi qui espérais tant te voir gazouiller, couché dans ton landau à la française, sur le balcon de ce bel immeuble. Je voulais te voir répondre de la sorte au gazouillement des oiseaux, qui peuplent le flanc des ravins des gorges du Rhummel. Mon fils, Mokrane qu'ai-je fait ? J'ai un argaz qui n'en fait qu'à sa tête. Et moi ligotée ici par tout ce gâchis, qu'y suis-je mon fils ? Je me suis toujours posée la question de savoir, que le milieu dans lequel je vis n'aime pas trop qu'une femme prenne des initiatives masculines. En épousant ton père, je me retrouvais prisonnière de deux cultures : celle des Kabyles et celle des Arabes. Il m'a fallu apprendre à nager, au mieux de mes intérêts, au milieu de ces deux méandres, à l'esprit compliqué. En attendant mieux, laquelle des deux finira par s'imposer à ma volonté ? De toute façon mon fils, mon choix est fait. Jamais je ne renierai mes origines kabyles. Fatima la Kabyle je suis née, Fatima la Kabyle je le resterai. Inchallah mon fils Mokrane, le grand ! Maintenant, je vais faire un petit somme pour me remettre d'aplomb. »

La mère s'endormit, protégeant avec ses mains, fines et longues, son ventre contre une éventuelle incursion du Malin, qui serait en droit de venir lui ravir sa grossesse.

Elle accouchera d'un magnifique bébé, naît à la lumière d'une bougie, dans une chambre sombre et humide. Le bruit de cet événement raisonnera amèrement aux oreilles de Bouraoui, lorsqu'il sut, de retour, de son voyage, qu'Abdelkader était devenu Mokrane, à l'état civil. Ce choix le glacera d'effroi. Lui qui aurait tant voulu rapporter la bonne nouvelle à ses drôles d'amis. Il pensera raisonnablement que sa femme lui avait cependant mit le marché en mains. Trois jours ou rien ! L'état civil colonial étant le plus fort, il acceptera philosophiquement l'évidence de l'évènement. Sa nature pudique en a fait un homme plutôt en deçà de l'orgueil, qu'il fuyait à la vitesse de son pas nonchalant. Il avait en horreur les apparences redondantes. Surtout, qu'il ne tenait pas à ce que son ventre prenne du volume à l'image des gens cossues. Son visage émacié faisait de lui le plus pauvre des pauvres. Seul son état d'aspect précaire lui importait. La pertinence de son esprit lui insufflait que son épouse était un modèle du genre, veillant scrupuleusement au « grain » qu'il lui donnait à moudre. De telle sorte qu'il se savait très riche dans ses vêtements de vagabond. À l'image du personnage du colonel Chabert. Bouraoui aimait mieux avoir du luxe dans ses sentiments que sur ses habits.

Il lui arrivait souvent de porter, des mois entiers, la même blouse grise tachée par le cambouis. Parfois, une simple ficelle grossière lui ceinturait un pantalon noirci, par l'huile de vidange de son autobus. C'était un de ces traits marquant. Pourquoi faire autrement, puisqu'il voulait passer pour un pauvre hère. Mais lorsque ses grosses mains noires de lutteur s'ouvraient, des liasses de billets en tombaient, pour grossir les poches de ses nombreux solliciteurs. Lesquels, sans vergogne, s'empressaient de lui dire : *« Bonjour, ami Bouraoui ! Merci, oncle Bouraoui ! »*

Tout cela se passait au grand dam de sa banquière, qui lui faisait des scènes de ménage homériques. Quand il rentrait chez lui, il s'asseyait dos au mur, chatouillant d'une main sa grosse moustache taillée au carré.

Puis, après un court silence il demandait d'un air narquois :

– Ta-matout ! *(femme)* J'ai faim ! J'ai quoi à manger ?

Plus enragée que jamais la femme lui répondait :

– Je n'ai rien préparé. Je manque d'argent. Tu n'as qu'à reprendre celui que tu viens de distribuer. J'aurai pu te faire un bon couscous à la viande de mouton séchée et salée et les grosses fèves sèches qui l'accompagnent.

Avec un regard d'homme incompris, Bouraoui se levait, plongeant sa main dans la poche de sa veste. Il en sortait une liasse, qu'il posait sur la table basse.

Le regard bleu de la femme s'éclairait de joie :

– Dommage pour ton estomac. Y a argaz *(homme),* tu aurais dû commencer par ça. Tu vois ? Tu viens de te payer un couscous fantôme. Mais demain je te le promets, je t'en confectionnerai un vrai. Je ne tiens pas à te laisser mourir de faim. Ton argent est aussi le mien. Ne l'oublie jamais !

Puis, l'épouse se baissait, ramassant prestement les billets qu'elle rangeait sous une pile de draps, sans que son mari s'en aperçût.

Une fois rechaussé, l'époux disait :

– Ya ta-matout, je vais au garage vérifier les freins du car. Je pars en Kabylie après-demain et je ne tiens pas à avoir des problèmes avec les gendarmes. J'en ai déjà assez comme ça avec toi et ta façon de dire « un douro est un douro ».

Elle lui répondait :

– Y a argaz ! Ce que tu peux être ingrat. C'est grâce à moi que tu tiens la route. Si toi, tu tiens le volant, moi je tiens ta bourse. Et c'est par ton argent géré par moi que tu tiens si bien ta route. Sinon, comment tu ferais avec un car sans pneus, sans volant et sans moteur ? Tu écoutes trop tes amis radoteurs.

Effectivement que Mokrane sera grand par la taille. En cela, la popularité qu'il se forgera au delà du village arabe fera parler beaucoup de lui. Certes, il est né beau comme un astre céleste aux yeux de sa mère. Mais par delà les multiples accidents de la vie et la cruauté d'une culture rétrograde, il deviendra un hideux monstre, au sens propre et figuré ! En fait, le père lui avait interdit les soins d'une médecine moderne. Le bel enfant se retrouvera presque à l'égal de Quasimodo. Sauf que pour son cas, aucune Esméralda indigène ne daignera lui prodiguer le moindre intérêt. Jamais il ne put connaître ne serait-ce qu'une caresse amicale. En outre, la formation subite d'un strabisme divergent et la perte de vision de l'œil droit produiront un effet dévastateur sur son moral ! Il avait gagné une risée de plus au palmarès des infirmes. À tel point, qu'il n'osait plus regarder les autres. Lorsqu'il s'adressait à quelqu'un, la moquerie revenait invariablement :

« Tu regardes qui, là, moi ou le cul de la femme ? Même ton œil valide ne pourrait en profiter en totalité ? Peut-être qu'avec tes quatre z' yeux, tu pourrais y arriver ! »

Tout au long de sa prime jeunesse, Mokrane aura, dans un futur proche, les plus grandes peines du monde à combattre toutes ses infirmités, à la fois. Les proches ne disaient-ils pas de lui qu'il serait le plus beau des bébés ? Affirmation trompeuse ou mauvais œil ? Il n'empêche que sa difformité, heureusement que physique, l'obligera à montrer encore plus de fermeté que ne lui inculquera sa mère. Handicapé, « chaussé de ses béquilles », il ira, par les ruelles du patelin indigène, troubler la tranquillité des braves autochtones. Tout le monde avait fini par l'identifier par un sobriquet de circonstance. Les uns l'appelleront Cochise ou Peau-Rouge. Les autres le compareront à Al Capone ou Dilinger.

Lorsque la rue ne l'appelait pas le boiteux, quatre z'yeux, ou le borgne. Sauf qu'un ami choisira de l'appeler Roy Rogers. Parce que ce satané béquillard adorait la musique. Il produisait le son de la guitare en se servant superbement de sa glotte. Un autre sobriquet s'ajoutera à cette longue liste. Tout le monde le traitait de Djinn, engendré par le même Djinn !

Il s'inventera les personnages les plus extravagants, soit dans ses rêves, soit en fréquentant assidûment les salles obscures de la ville. Ce sera, Cirta, Nunez ou le Vox. Il s'identifiera à tel point à ce monde que cela l'aidera à surmonter ses faiblesses.

Les sarcasmes ne manqueront jamais. En revanche, il saura transformer la méchanceté ambiante qui l'accablera, en l'inculquant en retour dans l'esprit de celui ou de celle qui en aura été l'auteur. Il aura le don de trouver des formules de son cru, pour faire peur à n'importe qui.

Il ne laissera rien passer. Il réagira constamment, dans ce milieu hostile.

La jungle de Tarzan lui donnera l'idée de se faufiler dans la foule. Il agira comme Chita, le singe. Ce qui lui donnera la sensation de traverser la forêt vierge, sautant d'arbre en arbre. Alors que dans un des ses films, Tarzan créait une illusion. La caméra le montrait sautant plutôt d'un trapèze à l'autre. Cette scène digne du meilleur numéro de cirque déclenchera en Mokrane le meilleur de ses remèdes de protection.

Ses béquilles le porteront raide et droit. Il avancera sans haine ni crainte, bousculant le chaland. Le béquillard comprendra très tôt que le monde des adultes était impitoyable avec les infirmes. Pour cela il apprendra vite, mettant en pratique une technique impitoyable. De ses béquilles, il en fera des baïonnettes.

Des années plus tard, il transformera sa canne en javelot. Les tiges de parapluie, entre ses mains, deviendront de redoutables « flèches apaches ». Sinon, les postillons qui sortiront de sa bouche feront le reste. Les superstitieux confondant ses gouttelettes de salive, avec celles du Djinn, prenaient la poudre d'escampette. Quant à ses poings, ils assommeront aussi bien qu'un marteau.

Enfin, le grand jour arriva au milieu d'un cycle saisonnier. Il chassa d'une pichenette la rigueur de l'hiver. La naissance du premier mâle chez les Bouraoui. Le soleil printanier accueillit chaleureusement, en témoin digne, ce nouveau petit bout d'homme. Dans une des rues du quartier Perrégaux, le mûrier centenaire se dresse, majestueux, dans le patio de « la maison des kabyles ». Les pépiements des moineaux répondirent à l'allégresse familiale. Les premières hirondelles ont pris d'assaut les nids restés vacants, sous les toits. Les femmes s'activent à finir leurs tâches ménagères, avant le retour de leurs hommes. Leur brouhaha répond gaiement au vacarme provoqué par les oiseaux. La fin du jour pointant sa pénombre naissante, la ménagère retardataire, tenaillée par la peur, s'activera à finir rapidement sa besogne domestique. Elle avait entendu dire que « la nuit était le règne des Djinns friands de sexe féminin. »

Seule Fatima, aux yeux d'azur, n'a pu quitter son matelas. Elle est sur le point d'accoucher. Alors que son mari, toujours absent, était parti dans le Sud saharien, consulter le saint marabout local.

Heureusement que Tassaadit, la sage femme bénévole, veillait sur elle. Elle lui disait :

– Courage Fatima, ma petite perdrix kabyle. Je suis avec toi. Pense à l'enfant qui va sortir. Je le sens. Je le tiens par la tête. Ton mari Larbi est comme tous les hommes. Peut-être qu'il t'en veut un peu. Tu ne lui as donné jusqu'alors, que des filles. J'ai prié le saint Sidi Abdelkader El Djilali, pour que t'aies ce gars. J'espère que c'en est un !

Dans un dernier sursaut de contractions, suite à de fortes poussées, le bébé fit son apparition.

Tassaadit le tenait délicatement par le crane. Avant même d'arriver aux pieds de ce nouveau né, elle poussa un cri de joie. Tenant sa bouche grande ouverte, langue claquante comme des castagnettes, l'accoucheuse lança des « Youyous » de victoire.

Alertées par ce bruit familier, les voisines se dirent en chœur :

– C'est un garçon ! C'est un garçon ! Tant pis, pour les Djinns, allons plutôt voir le bébé de Fatima ! Nous sommes en nombre pour mâter ces malfaisants et leur couper le zizi, s'il le faut.

Les voisines se présentèrent toutes en trombe sur le seuil de la chambre, faiblement éclairée par une bougie et félicitèrent chaleureusement la maman. Avec un sourire éclatant, la belle kabyle comme si elle défiait le monde et son mari, déclara :

– Mon fils, s'appellera Mokrane !

Á leur grand étonnement les femmes présentes lui conseillèrent d'attendre le retour de son époux qui avait son mot à dire. Fatima refusant poliment l'avis, ajouta d'un air résolu :

– Mon argaz n'avait qu'à être présent et la mairie n'attendra pas. Il ne sera pas de retour avant une semaine. Il est parti à Sidi Okba, du côté de Biskra, voir le marabout du coin. Il paraît que ses copains, les marabouts, avaient eu une vision que j'allais avoir un garçon. Ils lui ont conseillé de le prénommer Abdelkader. Car, pour un premier garçon la bénédiction de Sidi Okba était indispensable.

Tassaadit, marmonna, mettant sa main droite sur sa bouche :

– Ya rabi, protège cette femme ! Lorsque Larbi va le savoir… Il va y avoir du grabuge, ma pauvre.

– Je sais. Il m'a recommandé de retarder mon accouchement. D'ailleurs, je n'aurai pas su comment faire. Il avait son idée sur le choix du prénom, pour un garçon. Il m'a avoué que des filles dans son foyer ce n'était pas dans la tradition. Surtout que ses copains arabes se moquent souvent de lui dans les cafés des souks de la région. Quel honte, lui un Kabyle fréquenter des Arabes !

– Tais-toi ! tu déraisonnes. N'oublies pas que « ses copains arabes » sont ses clients ! Et par nécessité, ton argent !

L'absence de Larbi dit « Bouraoui » durera, presque deux semaines. En effet, ce déplacement était motivé au nom de la tradition, qui ne voit l'avenir que par les garçons ! La fille ne possédant pas le profil d'un salarié mâle, ne pouvait prétendre servir de bâton de vieillesse à ses père et mère.

Il ne se plaignait pas que son épouse n'ait pu lui donner que des filles, Yamina et Houria. Mais l'opinion ne distinguait que du bien en un mâle et du mal en une fille. La sauvegarde de l'honneur coutumier était à ce prix. Yamina, la première née, décédera dans sa septième année, un peu avant la naissance de Mokrane. Lors de cet heureux événement, Houria allait sur ses quatre ans.

L'époux revint tardivement. Nana, Djohra, la femme de son frère aîné Amar, guettant son retour lui apprit l'heureuse nouvelle :

– Bouraoui, t'es père d'un fils.

Ce dernier pénétra tout excité dans l'unique pièce où la mère reposait sur un matelas posé, à même le sol. Il l'interpella, les yeux exorbités :

– Ta matout, ta matout – *« Femme, femme »,* montre moi le visage de mon fils Abdelkader. J'ai un présent pour lui. Je vais lui mettre autour de son cou une amulette contre « le mauvais œil », de la part du marabout de la Zaouia.

– Homme de rien, lui répondit-elle en colère, tu me laisses seule sur le point d'accoucher et tu ne reviens que maintenant. Je n'ai nul besoin de ton prénom « béni ». J'ai prénommé ton fils, « Mokrane », à la manière kabyle.

– Comment ? lui dit-il, serrant ses bras le long de son corps trapu, je ne comprends pas ! Tu ne pouvais pas te retenir ? La potion que tu as ingurgitée devait te permettre un petit retard.

– Pauvre argaz *(homme)*, le jour où tu arrêteras de croire aux sornettes de tes amis des souks, « Le sel du désert fleurira » !

Déçu, Bouraoui se pencha sur le bébé qui pleurait :

– Qu'a-t-il à pleurer comme ça, la questionna-t-il ?

– Il manque de lait et je n'en ai pas. Par le saint Ali *(gendre du prophète Mohamed),* ton fils n'a nul besoin de ton amulette sacrée. Une mère nourricière ferait mieux l'affaire. Sinon, ton fils ne vivra pas longtemps.

– Un peu de respect pour les choses sacrées, femme !

– Et après ? Tu ne me fais pas peur avec ta politique des cafés à la « Turque ». Là, où tes semblables ne rêvent que de révolution, leur derrière collé sur des divans crasseux. Laisse, donc, ton héros Abdelkader et sa Smala vivre en paix au Paradis d'Allah. Maintenant, va ! Azrab y manik ! » *(Dépêche-toi, en kabyle)*

Pour l'instant, Mokrane a besoin de lait !

La réplique eut pour effet de rendre l'époux fou furieux. Il se précipita sur l'ingrate, bras tendus, comme pour l'étrangler.

Les voisines à l'affût du moindre incident entendant les cris de la jeune accouchée, se précipitèrent pour lui porter secours.

Le mari reprit ses esprits et sortit prestement, maudissant toutes les nanas. D'un pas rapide, il se rendit chez Mina, une de ses amies. Il ne remit les pieds au foyer conjugal que deux ou trois jours après. Il revint par la suite tout guilleret.

Lorsqu'elle le vit, l'épouse comprit ce brusque changement de son homme, dû à l'influence de sa dulcinée. Elle se dit, en elle-même :

« Ya Rabi, comment peut-il se contenter d'une telle forme féminine ? »

Il va sans dire que Mina était aussi forte que profiteuse. Elle était mariée à un brave homme, un brin élégant et distingué. C'était un couple de gens honnêtes. Comparée à Fatima, Mina ne pouvait être aussi belle. Mais sa gentillesse la rendait tout aussi jolie.

Mina était douce et malléable avec un caractère simple. Bouraoui, l'aimait pour ces qualités, là. C'était tout le contraire de Fatima « la rebelle ».

Parfois, Il lui disait :

– Tu es encore pire que Lalla Fatima, de l'histoire. Tu devrais plutôt porter un burnous rouge, non pas un voile noir. Je me demande qui a eu l'idée de te prénommer ainsi.

Avec un rire moqueur, elle lui répondait :

– Maman pourrait te le dire. Rappelle-toi qu'elle est une sacrée bonne femme. Jeune veuve, elle a été capable de continuer toute seule la ferme, qu'elle possède encore de nos jours. Elle a préféré vivre son veuvage que de se remarier avec les hommes de ton espèce. Ouahchia, ma mère, étant aussi femme de caractère, m'a prénommé « Fatima ». Il lui était normal de me faire appeler ainsi, afin de combattre tous les machos de la terre !

L'infidèle époux fuyait, donc, son foyer pour aller partager un lit avec un sommier plus confortable. Que le simple matelas posé à même le sol, dans une pièce sinistre. Du fait qu'il exerçait un dur métier, il lui fallait un sommeil réparateur.

Il ne tenait pas à entendre quotidiennement les jérémiades de sa légitime à propos de sa nombreuse famille. « T*a famille ? Que des fainéants, lui disait-elle ! »*

Aucun membre du clan ne pouvait contenir le courroux de Fatima. Elle leur dardait un regard à faire reculer le diable en personne. Elle ne voulait ni partager, ni céder. Ensuite, avec un sourire éclatant, elle leur déclamait :

« Travaillez avant de chercher à obtenir ! Si, Bouraoui est votre frère ou votre oncle, moi je suis son épouse et sa banquière. Son argent n'est pas le vôtre. C'est le mien, bande de paresseux ! Retroussez vos manches

et allez voir ailleurs ! Ou allez « Tuer un Roumi » si cela vous chante ! Avec moi, rien n'est gratuit ! Vous aurez mon estime financière, le jour où vous saurez occuper vos mains ! »

Elle personnifiait réellement la guerrière kabyle au sein d'un entourage familial hostile à sa doctrine de l'effort. Naturellement, cela entraînait des conflits. Lorsque le seul travailleur de la confrérie revenait exténué à la maison, il ne savait plus à quel saint de Zaouia s'adresser. Bien qu'en son fort intérieur, Bouraoui admettait que Fatima avait raison, il n'arrivait pas cependant à percer le blindage de ses arguments. Il la trouvait bien trop forte. Un peu confus, par rapport au prénom imposé, il promit à son épouse qu'il allait organiser une grande fête pour la naissance de Mokrane.

Ce fut une grande fiesta. L'animation fut confiée à un orchestre en vogue. La rumeur parla de l'ensemble musical du fameux Fergani, concurrent direct du grand Raymond.

IV
Le couscous festif, à la mosquée

Il y eut du seksou *(couscous)* et du mouton pour tous les voisins. La mosquée eut droit aussi à sa part. Une grande zerda fut distribuée en l'honneur des nécessiteux du quartier Perrégaux. Cet endroit cultuel était la fierté de l'imam et le fief déclaré de la confrérie des frères musulmans, combattant l'ordre colonial.

Ce jour béni par l'offrande d'un si bon couscous et à l'appel du muezzin, tous les pauvres hères vidèrent les lieux où ils étaient assis, debout ou couchés. Telle une volée de moineaux, ils se posèrent jambes repliées. Ils s'attablèrent par groupe de cinq, autour de grands plats sur pieds, posés sur de riches tapis.

Harcelés par la faim, ne pouvant faire leur dévotion à Allah, en ce lieu de prière, les convives d'un jour sollicitèrent la mansuétude divine. Dès lors, la « bacchanale musulmane », seksou et petit lait, pouvait commencer. La nourriture était abondante, à l'image de l'escarcelle de l'heureux papa, Bouraoui.

Un « Bissmi-Allah » collectif se fit entendre. Aussitôt, ce fut la ruée pour le partage en commun du plat de semoule. Chacun y allait allègrement avec sa cuillère en bois. Outil culinaire indispensable, qui ne permettait aucun chômage technique à la main. Il doit toujours être en mouvement, creusant la semoule à la base. Assemblé telle une pyramide, le plat était garni de légumes et de viande.

L'édifice pyramidal baissait de volume, au fur et à mesure du piochage gastronomique. Les creusements aréolaires et légèrement en profondeur allaient bon train. Les papilles gustatives des malheureux compagnons de la misère n'en revenaient pas du goût d'un met si raffiné. L'estomac, mis en appétit, réclamait goulûment plus de cadence aux cuillerées.

La dextérité de tous, à manger plus rapidement que le voisin immédiat était telle, que l'on se serait cru à un concours de goinfres. C'était à qui finir le premier son côté avant de « pelleter » un peu, chez le voisin. Malheur au piocheur lent.

Naturellement, l'ambiance était conviviale. Mais force était de constater les insolites bruits stomacaux, des uns et des autres. Ils ne mangeaient pas. Ils avalaient. Têtes renversées, ils buvaient de grandes rasades d'eau ou de petit lait, au grand bénéfice de leur gosier. Ils mettaient ainsi à contribution leur pomme d'Adam, qui fonctionnait sans répit. Les cruches passaient de main en main. Chacun y allait de son petit coup pour faire descendre « tout ça ». Avec d'horribles succions, les lèvres se posaient n'importe où. Les mains avides entouraient l'un ou l'autre des pots, y laissant des traces de gras. L'hygiène était le dernier de leur souci.

L'instant étant sacré et béni par l'imam, ils mangeaient et buvaient sans crainte des bactéries. Ils n'avaient qu'une idée en tête, se rassasier ! Parfois, il se trouvait, parmi eux, un complice qui disait :

« Qui veut nous raconter une blague de Djeha ? »

En la circonstance, il se trouve toujours un volontaire prêt au sacrifice. Le préposé s'arrêtait de manger. Cuillère levée, les yeux mi-clos, il se mettait à débiter sa blague. Celle du jour était intitulée :

« Djeha et le costume sans poches ». Pour cause, Djeha voulant ce genre de vêtement s'adressa à son ami, un tailleur juif. Il lui demanda la confection d'un costume. La morale du conte se résume, ainsi : la commande accomplie, le propriétaire de ce vêtement dépourvu de douros *(monnaie locale)*, n'avait plus besoin de pochettes pour stocker à nouveau des sous. En fait, l'argent venait de remplir l'escarcelle du couturier.

Pendant ce temps là, les autres convives s'échinaient à engloutir la part du malheureux conteur. Faisant mine d'écouter, ils riaient poliment. Ils s'en fichaient. La blague était connue. Ils préféraient s'investir dans le bonheur d'une bouffe, si religieusement offerte.

L'histoire terminée, le malheureux ne manquerait pas de s'apercevoir, qu'il en était de même de sa part de couscous. Technique imparable, qui le ferait devenir la risée de la soirée. Gare à l'ignorant de la chose. *« Le meskine – (pauvre) »* diront certains. Cela faisait partie du jeu de ces farceurs. Personne n'oserait les blâmer d'avoir jouer un si mauvais tour à aussi pauvre qu'eux. Ce monde là, ne connaissait ni la pitié, ni le remords. Il subsistait au jour le jour. Partisan du moindre effort, sa devise commune n'était-elle pas « inchallah » ?

Le repas se poursuivra, ainsi, jusqu'au bout de la nuit, avec un bruyant final collectif de rots et de borborygmes :

« Hamdou Allah ! (louange à Dieu). »

Par ailleurs, par mesure de prudence, l'imam comblé par cette énième « charité musulmane », consentait à ce que ces privés de gourbi dormissent dans sa mosquée. Car, dès la nuit tombée, la Pèlerine française patrouille à deux, avec un pas de félin. Chacun poussait d'une main, la bicyclette de service, et de l'autre, tenait une puissante lampe torche. Cette équipe d'agents de l'ordre avait pour mission d'inspecter ces quartiers malfamés, faiblement éclairés.

Naturellement, en frère de religion, ce directeur des prières ne tenait pas à ce que ses ouailles se retrouvassent dans une cellule de dégrisement, pour n'avoir bu que du petit lait. Il ne tenait pas à ce que ses pauvres âmes finissent ainsi leur nuit au commissariat de Police du secteur. Notamment, une foule de trente ou quarante personnes sortant d'une mosquée et marchant dans la pénombre, cela se remarque. Mais l'imam, vacciné contre l'ingratitude, ferait preuve de scepticisme quant à la foi religieuse de chacun d'entre eux. Il savait, pertinemment, que parmi le groupe, une partie était capable de dénicher une bouteille d'alcool à brûler, pour la boire ou la sniffer, avant de finir la nuit sur un bout de carton. La barbe frémissante, taillée à la saoudienne, il pensera : *« Non pas dans les bras d'une houri, mais dans ceux du Sheïtan. »*

Il ajoutera en son for intérieur :

« Qu'Allah nous préserve du Sheïtan et nous comble de sa vertu ! »

Il ponctuera ses paroles par un signe de sa main droite, posée sur son cœur, puis sur son front.

Satisfait de sa journée et du repas offert, le religieux rejoindra son appartement privé où l'attendrait sa légitime, une petite femme grassouillette. Il ne manquerait pas de lui faire goûter le reste des agapes fournies, par un bon musulman. Il s'endormira ensuite dans les bras, bien potelés, de sa douce compagne. Évoquant brièvement la charité culinaire faite. Il pensera à propos de Bouraoui :

« Qu'Allah bénisse son premier né mâle. »

Puis, sur cette bonne déclaration de circonstance, il ne manquera pas de bénir sa « Mouquère terrestre ».

V
Le quartier Perrégaux et sa périphérie

Le commissariat se trouvait à mi-chemin entre la préfecture et l'hôtel de ville. Quant au quartier indigène, témoin de l'heureuse naissance, il était en contrebas, vers la rue Perrégaux, au centre de la vieille ville mauresque. Environnement sensible, les Renseignements Généraux ne perdaient pas de vue ce large habitat. On y avait accès en traversant le bas de la rue Caraman. De l'autre côté, il était bordé par la rue du sergent Atlan. Tout l'ensemble jouxtait le quartier juif. Lequel, faisait le bonheur de toutes les ethnies : arabe, juive, kabyle et pieds-noirs.

Chaque population y possédait une occupation fort lucrative. Toutes les corporations y étaient représentées : des commerces, des échoppes d'artisans et les professions libérales les plus connues (avocats, huissiers, dentistes et médecins).

Vers le pont Sidi-Rached, les rues Cirta et de l'Echelle se trouvaient être la bordure charnelle, de cette agglomération. L'activité de ce quartier, lubrique, alimentait à elle seule, les recettes du budget communal. Les nobles dames du sexe y avaient leur domicile. Elles exerçaient leur commerce à l'horizontal, sans restriction. Lorsqu'elles n'étaient pas des contractuelles municipales, elles assuraient les subsides de leurs maquereaux. Le trafic en tout genre y était roi. Tout le monde en profitait. En somme cet habitat de luxure indigène, rapportait gros. Le lupanar le plus réputé et le plus chic des maisons de passe portait le n° 7. Reconnu, comme étant un bordel militaire de campagne, il était réservé à la troupe.

Mais sa fréquentation fut étendue aux civils distingués et à ceux qui avaient les moyens financiers. Les filles étaient vraiment belles et triées sur le volet. Il fallait, au moins cela, pour le repos du guerrier.

Juste à côté de ce lupanar de luxe, se trouve une autre maison, appelée le « 50 ». Bien qu'elle fût moins bien, elle était tout de même, un peu malfamée. Les clients de ce repaire luxurieux n'étaient pas souvent d'un cru présentable. Les descentes de la Police des Mœurs étaient fréquentes, surtout lors du ramadan. Lorsque les candidats sensuels indigènes, s'alignaient en enfilade devant les portes closes des maisons. Ils étaient là à attendre, cérémonieusement, que le coup de canon de la caserne ou la sirène des pompiers annonçât la fin de leur jeûne quotidien. En réalité, leur pensée première était de se donner du plaisir.

Fébriles dans le sens de la file d'attente, ces indignes, leurs sens aux aguets, surveillaient le passage d'une éventuelle connaissance. Laquelle ne manquerait pas de rapporter à d'autres oreilles : *« Qu'un tel avait une curieuse façon de casser le jeûne ! »*

Mais, leur esprit égrenant, tout de même, mentalement les minutes, continuera à penser :

« Vivement la dernière seconde ! Vivement la dernière seconde ! »

Des fois, la station statique s'avérant plus longue, des bagarres éclataient. Souvent du fait des filles. Pouvant être musulmanes elles mêmes, elles revendiquaient leur droit à s'alimenter préalablement. Elles pensaient qu'elles aussi, avaient tout autant le droit de se restaurer normalement, dès l'annonce de la rupture journalière du ramadan.

Malgré tout, cet endroit sociétal faisait partie d'un mélodieux endroit ethnique. Béni par la trinité des religions monothéistes, il abritait toutes les communautés. Tout le monde y trouvait son intérêt. Aussi bien les hommes que les femmes, quelque soit leur croyance. Toute la population se côtoyait harmonieusement. Les marchands des quatre saisons ; les échoppes et les gargotes ; les vendeurs à la sauvette, avec leur trafic illicite. Les épices de toutes natures étaient alignées comme à une parade militaire. Les gens riaient, gesticulaient ou marchandaient à haute voix. Les vendeurs de tissus étalaient tant et plus leur marchandise chamarrée, aux couleurs les plus vives.

Les voleurs à la tire, un œil rivé sur les badauds nonchalants surveillaient l'occasion propice. De temps à autre l'on entendait une voix dramatique :

– Au voleur ! Au voleur ! Il est parti avec l'argent de mes enfants !

Ainsi, tournait ce quartier richement achalandé, par une nombreuse foule aux multiples habillements. La multitude portait toutes sortes de vêtements aux senteurs les plus extravagantes. Cela sentait aussi bien la fragrance du « Chanel n°5 » que celle du « Ploum Ploum » local. Tous se croisaient, se bousculaient. Les portefaix ployant sous la charge, criaient : « Balek ! Balek ! » *(Attention, attention)*

Dans son ensemble ce quartier délimitait le centre de la ville, entre la ville haute et la ville basse. Notamment, la première citée, était administrative et militaire. Quant à la seconde, elle était traversée en son milieu par la rue Georges Clemenceau.

La clinique du Docteur Guedj, très prisée par les kabyles, en faisait partie. Larbi était un de ses bons clients. Pas pour lui. Plutôt pour sa nombreuse famille tribale qui s'y rendait à son insu. Il y passait régulièrement régler les factures médicales laissées impayées.

Le directeur de la clinique lui faisait souvent la morale :

– Larbi, tu me fais peur et tu ne cherches jamais à savoir qui vient se faire soigner. Ils me disent tous, individuellement, *« C'est Bouraoui ou Larbi qui m'envoie. Toi comme un benêt, tu payes sans vérification. Te rends-tu compte ? »*

En guise de réponse, le directeur se voyait gratifié d'un haussement d'épaules. Larbi n'avait cure des conseils, ces deux-là se connaissaient bien. Leur lieu commun était le garage « Francini », situé dans le bas de la même artère. Le Docteur Guedj y garait sa voiture et Larbi son car de transports. Un Citroën poussif, de trente quatre places assises et dix debout. Un peu plus bas se trouvaient les locaux du quotidien, « La Dépêche de Constantine ».

VI
La complainte à sa mère décédée

Larbi exploita tellement bien son affaire, qu'il devint le transporteur le plus populaire de la région. Tout le monde apprit à le connaître sous le pseudonyme de « Bouraoui », venant du nom de son village de naissance : « Bouraya ». Il dépensait aussitôt tout l'argent qu'il gagnait. Il ne tenait aucun compte des recommandations de sa jeune épousée, dont l'esprit prônait au contraire l'économie.

Discrètement, la jeune femme fourbît ses armes. Elle fit appel à quelque relation de confiance. Elle apprit ainsi que son époux avait prit l'habitude de faire voyager, gratuitement des clientes ou des clients, assez souvent. Elle constata que la générosité de son cher époux était plus grosse que son autobus.

Sans perdre espoir, elle arrivait cependant à compenser la gabegie de son époux. Elle amassait un peu plus chaque jour. De douro en douro, elle arrivait à se monter de vraies cagnottes qui se vidaient aussitôt par des dépenses imprévues, liées aux pannes mécaniques de l'autobus.

Parfois, elle tenait tête à son argaz. Il s'ensuivait alors des bagarres homériques. Lorsque celui-ci rentrait avec une maigre recette, elle l'apostrophait sans ménagement.

Ne pouvant se justifier, il la frappait. Plus il la battait, plus elle lui résistait. Par ses cris, elle ameutait tous les voisins. Elle ne craignait pas de lui dire, qu'il n'était qu'un homme sans ambition.

Elle lui citait en exemple la réussite des français. Elle choisissait des paroles cinglantes de son cru :

– Tu te prends pour qui, pour un homme d'affaires ? Jamais, tu ne seras riche et puissant comme les Roumis. Pauvre tu es, pauvre tu le resteras, à cause de ta famille. Tu ne veux jamais m'écouter, parce que je ne suis qu'une faible femme. Tu crois que je ne suis pas capable de gérer avec toi ?

– Tais-toi, langue de vipère ! Vomie par le Sheïtan. Tu sors d'où femme ? lui répondait-il.

– Aux dernières nouvelles, je sors de ta côte ! Tâte-toi, il doit t'en manquer une, lui répliquait-elle. De toute façon, Allah n'a pas dû faire une bonne chose en créant le père Adam en premier et la mère Eve, en deuxième fournée. Ce fût une erreur divine, qui n'aurait pas dû exister.

– Tu crois ça ? Je suis un homme. Face à moi, tu ne fais pas le poids. Je peux t'écraser comme le cafard que je vois là à mes pieds, Larbi d'un geste précis piétina le cancrelat, qui était sur le point de grimper le long du mur.

– Naturellement, je n'ai pas tes muscles de débardeur. Mais une tête de femme ne raisonne pas dans le vide comme celle d'un homme. Tu raisonnes creux, mon pauvre vieux.

Bouraoui était furieux et avait du mal à se contenir. Mokrane, cloué sur le matelas par une forte fièvre, pleurait de plus belle. Tous ces cris lui faisaient peur. Il venait de contracter une rougeole. Pour calmer son fils, la mère se précipita pour le border avec une chaude couverture en laine, aux motifs berbères. Cadeau de la grand-mère Ouahchia.

Changeant subitement de sujet, le mari insulté ajouta, lèvres frémissantes :

– Pourquoi es-tu allée corriger Mina ?

– Mina ? Oui, il le fallait. Et après ? Grosse, comme elle est. Avec des seins tombants et des cuisses pareilles à celles d'un éléphant du cirque Amar ! Tu es tombé bien bas mon pauvre. Tu ne pouvais pas trouver meilleure femme ? Je te rassure je n'en éprouve aucune jalousie. Simplement, qu'elle doit payer sa place dans le car comme tout le monde ! Pour moi, c'est de l'argent perdu. Ce qui n'arrange pas les frais de fonctionnement de ton service. D'autre part, la paresse de tes chers frères, beaux frères, belles sœurs, neveux, nièces, cousins, cousines, et les cadeaux à tes autres conquêtes féminines, coûtent chers au budget conjugal. Ta bonté kabyle dépasse les bornes. Tu ne leur rends aucun service en agissant de la sorte. Notamment, il te faut, plutôt, leur montrer le chemin de l'effort !

Ne pouvant plus se retenir, Bouraoui lui décocha un coup de poing en pleine figure. Fatima encaissa stoïquement l'agression. La bouche en sang, elle lui dit :

– Espèce de lâche, frapper une faible femme. Tu vois cet argent ? Et bien, tu n'es pas prêt d'en voir la couleur !

Lui montrant une liasse de billets de banque, elle ajouta, confiante en elle :

– Tu vis sans orgueil. Tu verras que tu viendras me supplier à genoux pour te dépanner, quand tu seras dans l'embarras.

L'argument perturba le mari, qui se calma subitement. Il se demanda si son épouse n'avait pas raison en fin de compte. Des réflexions lui vinrent : *« C'est tout de même ma famille ! Je ne vais pas m'amuser à l'abandonner ainsi. Je me suis engagé au nom de notre clan des Aït-Saïd, à leur venir en aide à tous. Je sais que la famille de mon frère Amar n'est pas facile à manœuvrer. Que puis-je faire, si son épouse Djohra ne s'entend pas avec la mienne ? Après tout, tant pis. Je continue comme si de rien n'était. On verra. Inchallah ! »*

Un lourd silence emplit la pièce. Bouraoui sortit bras ballants. Fatima, essuyant ses lèvres, ensanglantées, durcit sa position. Poings fermés, elle accrut sa haine contre sa belle famille. Quant elle ne sortait pas, elle passait ses journées à compter et recompter chez elle, « ses billets », porte fermée à clef. De peur d'être dérangée par Djohra, dite « Nana ». Elle craignait que cette dernière la surprenne et évente son secret.

Notamment, Fatima faisait croire à tout l'entourage qu'elle était dans le dénuement total. Afin de donner plus de poids à sa misère supposée, elle n'hésitait pas à faire bouillir à longueur de journée une marmite d'oignons, à l'instar de vrais nécessiteux ! C'était dans sa nature de chercher à éloigner les profiteurs.

Elle rejetait obstinément la politique à la « Bouraoui » et ne voulait pas que le voisinage l'identifiât comme étant apparentée à « la belle famille cigale ».

De surcroît, jamais elle n'avait remarqué un seul membre du clan, posant un pied devant l'autre, à la recherche d'un emploi.

De là, à les voir se tenir debout, c'était une autre paire de babouches. Alors qu'elle, une fourmi dans l'âme, leur répondait :

– De l'argent ? Je n'en ai pas. Larbi, ne m'en donne pas assez. Allez, plutôt, vous « taper » un riche Roumi !

Sans connaître ses classiques, Fatima drapée dans sa belle gandoura kabyle, agissait tel Harpagon. Par contre, elle ne refusait rien à sa copine Sarah, une couturière juive, du quartier des Négriers. Le négoce fonctionnait bien entre elles. La belle kabyle en ressentait même une grande fierté d'avoir une telle amie. Lorsqu'une des voisines lui demandait comment pouvait-elle porter des gandouras aussi riches, alors que tout le monde la croyait pauvre. Elle répondait sans se démonter :

– Je n'ai pas le moindre douro. Je paye ma copine juive avec des œufs et de la viande. Je fais du troc avec elle, grâce aux produits que mon mari me ramène des souks.

Puis se ravisant, posant son regard bleu très dur, elle ajoutait à l'attention de la curieuse :

– D'ailleurs, cela ne te regarde pas, occupe toi de ton incapable d'homme qui rentre saoul tous les soirs. Honte sur toi !

La malheureuse voisine ne trouvant quoi dire, s'éclipsait discrètement.

Restée seule, après l'altercation conjugale, Fatima rassura tant bien que mal le petit Mokrane. Elle réussit à le calmer. Par ailleurs, elle n'avait qu'une idée en tête : le sang de sa bouche réclamait vengeance. Dans sa colère froide, elle enfila hâtivement son voile noir. Elle partit précipitamment, oubliant de confier la garde de son enfant fiévreux, aux voisines. Elle se rendit à nouveau au seul endroit connu, chez Mina ; où Bouraoui s'y trouvait, déjà, dormant en chien de fusil dans le grand lit.

La Kabyle bafouée était persuadée que Mina empêchait en partie son mari de se diversifier dans les affaires. Il s'ensuivit une terrible bagarre, au corps à corps. Cheveux contre cheveux. Cris contre cris. Le domicile de Mina, une maison construite à flanc de ravin, perdit de son calme légendaire.

Bouraoui fut réveillé en sursaut et ne put rien faire pour arrêter les deux furies. Il prit la poudre d'escampette. Il se rendit en catimini au garage « Francini », situé à deux cents mètres plus bas, dans la rue.

Pendant ce temps là, Mokrane, esseulé dans la pénombre, paniqua. Pris d'une quinte de hoquet, il se remit à sangloter. Il avait chaud et froid à la fois, du fait de sa forte fièvre. Son œil droit lui faisait mal. Il le gratta énergiquement, jusqu'au sang. Les larmes coulaient abondamment sur ses joues.

Craignant le courroux de Fatima, les voisines qui entendaient les pleurs et les cris n'osaient défoncer la porte verrouillée.

La maman revint tard dans l'après-midi. Elle trouva son fils dans un piteux état. Il était transi de froid, malgré une forte fièvre. Elle remarqua que quelque chose d'autre avait coulé le long de la figure de son bambin. Allumant une lampe de poche, elle vit du sang, suintant de l'œil droit.

Affolée, Fatima l'emmena aussitôt voir le docteur du dispensaire. Ce dernier lui conseilla de s'adresser à un ophtalmologiste. Car, cela pourrait s'avérer assez grave, pour la vision. Ce qu'elle fit. Elle le présenta en urgence au docteur Dauthuile, place du maréchal Foch. Ce dernier l'a reçut immédiatement. Malheureusement, ce spécialiste diagnostiqua la perte de l'œil et la rétractation importante du nerf optique, dû aux larmes et aux frottements répétés. Le docteur lui dit, ensuite, gravement :

– Vous savez madame, votre fils a perdu son œil et aura un strabisme divergeant. Son cas ne sera pas simple à soigner. Sa vision sera de 1 à 2/10 à peine. Je doute fort qu'il puisse recouvrer, un jour la vue. Je pense que Mokrane restera borgne à vie. Je suis vraiment désolé.

La mère était désespérée. Elle ne savait comment l'annoncer au père. Pourtant, elle le fit. Contre toute attente et sans colère, le mari répondit :

– Que veux-tu. C'est le mektoub. Ce ne sera qu'un de plus dans ma famille. Tout comme mon frère Seddik qui est tout aussi borgne, avec un strabisme divergeant. Fatima en éprouva un cuisant chagrin. Elle regretta même son expédition au domicile de Mina. Elle restera inconsolable toute sa vie. Elle se promit qu'elle l'avouera un jour à Mokrane, lorsqu'il aura l'âge de comprendre.

Elle ira même jusqu'à lui proposer si cela avait été possible de lui faire don de ses jolis yeux bleus. Ceci ne l'empêchait pas de continuer cependant à faire la chasse au gaspillage clanique.

Mokrane devinera plus tard que sa mère n'avait jamais été si heureuse que cela, ressassant sans relâche son expédition punitive chez Mina.

La « mesquina » – *(pauvre)*, mourra d'une gangrène, quelques années plus tard, par faute de soins appropriés. Pourtant, la blessure, due à un accident de la circulation, était sans gravité. Fatima admise aux urgences de l'hôpital à Constantine, pour un tibia cassé, en ressortit allongée sur une civière.

La médecine dite « moderne » dans une Algérie indépendante pronostiquera le « mektoub ». Mokrane n'en voudra pas à sa génitrice de n'avoir pu lui donner ses jolis yeux. Il s'en trouvera soulagé.

En effet, sa mère étant belle, devait se présenter devant Allah, avec un visage tout aussi beau. Sans sacrilège ni mutilation. Le fils borgne, empêché d'assister à l'enterrement, lui adressera une prière, par delà 2 200 km :

« *Maman au visage d'ange, au cœur et front d'airain, ton passage sur Terre ne t'aura pas été de tout repos. Tu étais sans pitié. Tu faisais la guerre à la paresse et ne rougissais pas devant l'ennemi. Jamais je n'aurai eu le courage de te laisser t'infliger une telle mutilation : celle de me faire cadeau de tes magnifiques yeux, d'un azur inégalable. Te sachant morte, je me sens heureux de t'avoir évité un tel blasphème. Un blasphème à la beauté ! Là où tu demeures, maintenant, redresse ton joli port de tête. Là où tu vis, maintenant, par delà la mort, tu n'as plus à y craindre les conflits que le misogyne te faisait subir, ici-bas. Maintenant que tu es à l'abri au Paradis parmi les anges, profite des bienfaits d'Allah. Maman, grâce à ton solide caractère, ta rigueur morale et ta droiture, tu m'avais appris à me considérer, moi-même, comme étant un garçon normal. Bien que je me trouvais difforme et moche. Je l'admets, cela ne t'a pas été toujours agréable. Tu en souffrais à en mourir. Dans la rue, les gens me corrigeaient à leur guise et à la maison c'était toi qui prenais la relève. Tu voulais que j'apprenne à me défendre et à surmonter ma faiblesse physique. Tu m'as inculqué la forte culture Kabyle. J'en suis fier et t'en remercie. Mère courage, ton audace n'avait pas d'égale. Je me rappelle ce jour où tu venais d'accoucher. C'était des jumeaux, de sexe masculin, morts-nés. Même pas une heure après, je te voyais te lever, péniblement, pour engueuler les petits garnements, qui me maltraitaient, dans le patio. Mes cris t'avaient alerté. Je sais que, vivante, tu n'a pas vécu heureuse. Morte, j'espère que tu vas l'être au Paradis, parmi les tiens. Avec ton père assassiné, par des Arabes voleurs de chevaux et ton frère aîné encorné par un gros bélier. Á Bouktone, ta vie de jeune adolescente avait déjà commencé par ces deux affreux drames. Je comprends, aujourd'hui, les raisons qui te faisaient courir chez les diseuses de bonne aventure. Tu cherchais à savoir la meilleure façon dont tu devais vivre ton futur. Pauvre maman. La vie ne t'aura pas fait de cadeau. Sur ton lit d'hôpital à Constantine, tu as dû te voir partir aussi tragiquement que les tiens. Sur Terre tu n'auras rien connu d'heureux. Mais au Paradis le Coran dit :* ***« Que la vie y est exemplaire et le plumage des oiseaux paradisiaque. »***

Maman Vis dans l'abondance d'Allah. Je te sais calme et sereine en cet endroit divin. Ton beau sourire à damner le diable et faire éclore une rose, me manquera. Nous étions très proches l'un de l'autre et je l'ignorais. Je croyais que tu étais méchante avec moi. Alors que tu m'adorais. Ce fut grand mère Ouahchia, ta mère, qui me l'a confirmé. Tu m'aimais plus que de raison. Je comprends que ton apparente dureté ne cherchait que mon bonheur et ne voulait que me protéger contre la mesquinerie humaine. Maman, pardonne-moi d'avoir douté de ton amour. Adieu ma mesquina chérie, je t'aime et jamais ne t'oublierais. Allah est toute miséricorde ! »

VII
Bouraoui et sa bétaillère

Après la confrontation avec son épouse sur l'état de l'œil de leur fils, le mari sortit avec un air désolé. Il se maudissait de ne pas avoir cherché à modifier le prénom de son gosse. Fataliste, il se croyait maudit par le destin. D'un geste de lassitude, il traversa prestement le patio où plusieurs femmes s'afféraient autour de la fontaine d'eau.

Chacune devait vite remplir ses ustensiles avant la coupure du précieux liquide. Les grandes chaleurs de l'été imposaient le rationnement. Tête baissée, il traversa rapidement la rue Perrégaux. Il ne prêta même pas attention aux nombreux saluts, que les commerçants et badauds lui adressaient. Arrivé, rue Georges Clemenceau, il prit l'ascenseur « Perrégaux » et se retrouva sur la passerelle, cent mètres plus bas. Il devait rejoindre son autobus, garé dans le haut de l'avenue de Roumanie. Par précaution, son transport avait besoin d'une bonne révision de freins.

En effet, au delà de Bordj-Bou-Arréridj, la route de Medjana par Boni et Moka jusqu'à Ighil-Ali n'était pas commode. Elle était très sinueuse et pentue. Elle épousait carrément le relief de la montagne des Bibans. Elle serpentait dangereusement, tantôt avec des ravins à droite, tantôt à gauche. Cette route départementale mettait à rude épreuve les systèmes de freinage les plus robustes.

Pour cause, Bouraoui échaudé, une fois, ne tenait pas à connaître une autre mésaventure. Il se remémora l'affreux accident où le car fit un plongeon dans le vide, sur cette même voie. Cela lui était arrivé à la fin de l'automne, à hauteur du village de Moka.

Le véhicule était à l'arrêt en haut d'une côte. Bouraoui juché sur le porte bagage, distribuait, de là haut, la marchandise et le courrier destiné aux villageois de la région. Lorsqu'il sentit un mouvement de recul en direction du ravin. Par réflexe de survie, il sauta du toit. La chute transport fut spectaculaire. Sur le moment, il ne pensa pas au choc de son gagne-pain ;

mais il se félicita d'avoir invité les voyageurs à descendre, se dégourdir les jambes à l'orée de la forêt.

La Gendarmerie Nationale procéda à l'enquête d'usage et ne constata que des dégâts matériels. Plus tard, avec le concours de son garagiste l'heureux miraculé put avoir un camion « Citroën » bâché, afin de continuer son exploitation. Ce nouveau « véhicule » agencé plutôt pour le transport des bestiaux fut transformé, provisoirement, en transport d'hommes. Dépourvu de haillon, le camion fut affublé d'une échelle d'accès. Cinq rangées de bancs furent ajoutées pour assurer l'assise aux voyageurs. Présenté au service des Mines, l'engin ainsi modifié, fut agréé sans difficulté administrative. L'ingénieur drôlement étonné par tant d'ingéniosité fut cependant ferme, quant à la durée. L'exploitation ne devait pas dépasser les six mois.

Les clients, par amitié pour « Bouraoui », se contentèrent quelques mois de ce transport anachronique. La curiosité des populations, des villes et villages traversés, fut sans borne. Pas une seule fois, les fidèles, ainsi portés, ne se plaignirent des frimas de l'hiver, à bord d'une telle bétaillère.

En fait, leur ami et chauffeur avait trouvé un moyen infaillible de les faire voyager dans la chaleur, malgré le froid rigoureux de la montagne kabyle. Avant chaque départ, le conducteur distribuait deux à trois grandes couvertures en laine, en guise de chauffeuses. Tout le monde s'y emmitouflait. L'hiver passa sans rhume ni anicroche. L'autorisation d'exploiter touchant à sa fin, les Mines se manifestèrent à son bon souvenir. L'épouse, fut obligée de débourser un peu de ses économies. Elle paya, avec regret, un autre autobus plus conforme à la bienséance des clients.

Mauvaise comme d'habitude, elle adressa tout de même des reproches à son mari :

– Ah, si tu m'avais écouté. Tu concurrencerais tout le monde, aujourd'hui. Tu aurais même pu dépasser en nombre tes concurrents directs : « Rougier » ou « Lakhdar ». Cela me révolte !

Elle se trouvait satisfaite de faire honte, à un homme qui attend que sa femme lui rende son propre argent :

– Rappelle-toi, ce sont mes économies qui te dépannent. Pas celles de ta chère tribu ! D'ailleurs, je me demande comment elle aurait pu faire.

Bouraoui prit la liasse de billets. Il s'en alla le dos voûté. Il traversa tant bien que mal le patio. Une multitude féminine vaquait à ses occupations ménagères en cette heure de la matinée. Le brave homme dut enjamber deux bassines de linges sales, avant de se retrouver dans la rue.

VIII
Dans les bras de Johnny, le texan

Novembre 1942, les troupes américaines débarquent en Afrique du Nord.

La ville de Constantine vit leur arrivée quelques mois après. Les alliés découvrirent la belle capitale de l'Est Algérien. Ils admirèrent, non sans nostalgie, le site profond des gorges du Rhummel. En effet, la passerelle métallique, ceinturant à mi-hauteur le ravin, devait probablement leur rappeler l'autre passerelle-escalier des « Chutes du Niagara ». Endroit rendu mythique par les formes sensuelles de la belle Marilyn Monroe, dans le célèbre film du « même nom ». Lorsque Mokrane verra ce film une dizaine d'années, plus tard, il tombera follement amoureux de la belle américaine. Un instant, il s'imaginera que c'était lui, et non Richard Allen, qui embrassait goulûment les lèvres humides de la merveilleuse actrice, adorablement moulée dans un ciré jaune.

En traversant le pont de l'empereur Constantin, situé au fond des gorges, on se retrouvait du côté ouest du fleuve Rhummel, à quelques mètres de la piscine naturelle, creusée au fond du ravin à même le rocher. Le fond du bassin était d'une pureté admirable. Mokrane passait des heures à admirer les formes, minuscules des nageurs, s'ébattant dans l'eau. De ce point élevé d'observation, le garnement perdra beaucoup de bérets basques et de chéchia turques, par la faute du vent.

Fatima lui disait avec ironie :

– Il me semble que tu perds beaucoup plus de chéchias que de bérets. Tu le fais exprès, j'espère !

Le garçon répondait à sa mère :

– Comment, je le fais exprès ? Mais maman, tu sais bien que c'est non. Tu préfères les Basques aux Turcs, je le sais. C'est tout de même de l'argent en moins pour ta cagnotte. Je me trompe ?

– Non, mon fils. Tu es dans le vrai.

Quelques temps après l'arrivée des alliés américains, Mokrane fit une fugue et se retrouva rue du 3ème Zouaves, face à un colosse bizarrement habillé. Voyant les rideaux, des magasins arabes alentour, se baissaient rapidement, le garçon prit peur.

Il se mit à pleurer. Pas un seul commerçant, n'eut la présence d'esprit de subtiliser le petit garçon, de trois ans, à la vue de l'étrange intrus. Le petit fugueur en gardera un mauvais souvenir sur la prétendue solidarité arabe.

Le géant se baissa et prit dans ses bras le gamin en pleurs. Le soldat allié finit par demander à un passant dans un français approximatif :

– Demande à lui, lui pourquoi pleurer ; moi, vouloir l'emmener maison.

En arabe, le passant s'adressa à Mokrane :

– Il te demande pour quelle raison tu pleures ?

– C'est à cause de sa canne dans le dos. Elle est bizarre ; lui aussi est bizarre. Regarde comment il est habillé. Il me fait peur. Il ne porte même un burnous comme les Arabes.

– Tu n'as pas à en avoir peur, ce ne sont que des habits.

– Alors, pourquoi porte-t-il sa canne sur le dos au lieu de marcher avec.

L'interprète rapporta ce que l'enfant venait de lui dire. Le soldat fut prit de fou rire.

– Une canne à dos……… ha ha ha ha ha… une canne ?………

Mokrane en fit de même, en écho :

– Ha… ha… ha…

– Une canne… ha…… ha…… ha…… ça, bien être question de gosse. Non pas une canne. Un fusil, fusil là contre Hitler. Toi, pas avoir peur. Fourrageant dans ses poches, le militaire sortit un paquet de chewing-gums et le lui tendit avec un sourire. Retrouvant son calme et croyant saisir son nom, le gamin s'adressa à l'étranger en arabe :

– Anta, esmak Hitler ? Anaya esmi Mokrane, posant un doigt sur son petit torse, large de quelques centimètres.

Ne comprenant toujours pas ce que l'enfant voulait lui dire, le soldat sollicita à nouveau le concours de l'interprète :

– Boy ! Lui dire quoi, par Hitler ?

– Il pense que vous vous appelez Hitler.

Nouveau rire du soldat américain.

– Boy ! Dis-lui, moi être Johnny. Moi du Texas.

Le gosse comprit que ce colosse voulait le ramener à la maison. Il accepta de se laisser porter..

La rumeur du téléphone arabe se répandit, telle une traînée de poudre. Elle s'arrêta net aux oreilles de Fatima. Laquelle s'entendit dire que l'armée américaine avait interpellé son fils. Pareille à une furie, délaissant son voile, la mère fit un bond dans la rue. Elle se retrouva face à ce drôle de guerrier. Les yeux se croisèrent. Le regard de la fière kabyle exprimait une grande colère. L'Américain, droit dans ses bottes, ne savait quoi penser.

Sa véhémence coutumière reprenant le dessus, la maman apostropha l'homme dont les bras portaient son fils :

– Honte sur l'armée américaine qui fait la guerre aux enfants maintenant ?

L'enfant riait tout haut, attendant que sa mère le remarque. Elle finit enfin par s'apercevoir que son petit était au mieux de sa forme. Elle vit que son rejeton était calmement allongé, dans les bras du gaillard ; que ses jours n'étaient pas en danger comme le prétendait la nouvelle :

« Encore une information arabe, pensa-t-elle avec dédain. »

Elle se ressaisit et remercia le brave soldat, lui adressant les deux mots français qu'elle connaissait le mieux :

– Mirci, m'ssieur !

– Bonjour maman, regarde ce qu'Hitler Johnny m'a donné.

Fatima au fait de l'actualité le reprit avec ironie :

– Hitler ? Il n'a rien d'un Hitler. Tu n'as pas compris ce qu'il voulait te dire. Enfin, que vais-je faire de toi ?

S'adressant au brave soldat, elle le congratula d'un magnifique sourire. Intimidé par tant de grâce et de prestance, Johnny bafouilla. Fatima remarqua une légère rougeur sur le visage poupin du Texan. Ce dernier lui dit :

– Ya, no problèm. Môman. Petit boy gentil.

Il prit la main tendue de la maman et lui fit un discret baise-main. Fatima qui ne ne rougissait jamais, si facilement, sentit un discret picotement sur ses joues.

Le soldat déposa l'enfant devant sa mère et s'en retourna vers sa quête de gardien de la paix. Avec, sur ses pas, une ribambelle de gamins. Il se fit raccompagner à travers la rue marchande, jusqu'au pont Sidi-Rached, aux cris de :

« Merci boy Johnny ! Merci boy Johnny ! ».

Mokrane fut le héros de la journée, au même titre que s'il avait fait la guerre.

Bien après la fin du conflit mondial, conquis par le charme de la ville, les touristes Américains ne manqueront jamais l'occasion d'y revenir de plus en plus nombreux. Ils logeaient, alors, dans le grand hôtel Cirta. Le jeune Mokrane, âgé, alors, d'une dizaine d'années, environ, n'hésitera pas « à galoper » à béquilles, du mieux qu'il pouvait. Il béquillait gaillardement derrière les véhicules bleus des visiteurs. Il hurlera toute sa colère, contre le massacre des indiens d'Amérique du nord, il criait à tue tête :

« Longs-Couteaux ! Longs-Couteaux ! Assassins de Peaux-Rouges ! Retournez chez-vous ! »

Lorsque parfois un policier l'appréhendait, il se faisait tirer l'oreille, l'obligeant à ne pas proférer de telles menaces, à l'égard des braves Yankees.

Mais au grand étonnement du représentant de la loi, les excursionnistes d'une saison prenaient la défense du garnement « curieusement ferré » avec des béquilles en bois. Sans trop comprendre les injures à leur égard, ils adressaient à l'infirme des sourires à la « Gibbs » ou à la « Ronald Reagan ». Avec des tapes amicales et des mots : « haye » ou « hello boy », ils lui remplissaient les poches avec des chewing-gums et des tablettes de chocolat.

IX
La fugue fatale à Mokrane

Mokrane, aussi borné que sa mère ou son père, fit une nouvelle fugue. Un matin à trois heures, il assista discrètement au départ de Bouraoui. En fait, il avait préparé son coup la veille.

Il s'était couché tout habillé. Le paternel partit, l'enfant quitta lentement le matelas, sans que sa mère s'en aperçoive. Il enfila ses chaussures, sur le palier. Il avait de la chance. Ce n'était pas encore l'heure de la prière matinale. Vu que, Fatima aurait pu se lever pour cette dévotion religieuse. Elle n'en fit rien.

Elle avait des façons peu orthodoxes de pratiquer. Elle était contre la rigueur des cinq prières obligatoires par jour. Elle n'acceptait aucun carcan religieux ou autre. Elle ne faisait que ce qu'elle voulait. Elle priait Allah, quand elle pouvait. Et lorsqu'elle faisait sa prière et voyait l'imminence d'un danger, elle s'arrêtait illico. Elle se levait d'un bond pour empêcher l'accident ou le malheur de s'abattre sur un petit innocent. Dans ces moments là, elle priait à sa manière :

« Ya Rabi ! Pardonne-moi. Je t'aime bien. Mais je prends la permission de sauver ce pauvre bébé, qui s'approche du feu. Je vais le mettre à l'abri. Toi, l'Omniscient tu peux attendre. Tu es la Miséricorde sur Terre. Tu es à l'opposé de tes représentants fallacieux, qui déforment ta Parole Divine sur Terre. Allah ou Amine ! »

Le fiston patienta un moment quand même, avant de suivre son père. Des fois que sa mère décide de se lever pour la prière de l'aurore. Puis, il sortit discrètement.

Une fois dehors, il constata que les rues ne grouillaient pas tant que cela. Les badauds n'étaient pas légion. Il remarqua deux ou trois clochards indigènes. Ces derniers cuvaient leur vin, couchés sur des cartons. Il s'en écarta un peu et courut de toutes ses petites jambes jusqu'à la passerelle

Perrégaux. Il trouva l'ascenseur fermé. Il s'arma d'un peu de courage et s'aventura à descendre les larges escaliers de l'édifice. Un déclic se déclencha dans sa tête. Il se remémora, soudainement, toutes les histoires qu'il a entendues sur les djinns. Ces démons sortaient la nuit et n'hésitaient pas dévorer crus, les enfants imprudents. Il se rappela, aussi, les affirmations populaires. Lesquelles disaient que le fantôme d'un homme égorgé, pouvait revenir un an après, hanter l'endroit où son sang avait coulé. Le fougueux garnement se mit à trembler. L'égorgement de ce pauvre Ali, assassiné quelques mois auparavant, sur l'une des marches de la cage d'ascenseur, lui vint à l'esprit. Il regarda à ses pieds s'il pouvait distinguer une tache de sang. Il avait peur de se retrouver face à ce revenant. Il avait entendu raconter, d'autre part, que le spectre pouvait marcher d'un pas hésitant, portant sa tête sur ses deux mains, par crainte de la perdre à nouveau. Sinon, si elle tombait sur le sol elle pouvait même rouler en direction de l'imprudent et le mordre au mollet. Avec toutes ses idées cauchemardesques, Mokrane n'en menait pas large. Soudain, il poussa un cri effroyable et fit prestement demi-tour. Il hurlait. Il avait la peur au ventre. Ce qui ne manqua pas d'alerter, deux policiers de la patrouille de nuit. L'un des deux courut derrière lui et le rattrapa. Celui-ci s'adressa au tout jeune fuyard en langue arabe :

– Petit, qu'es-ce que tu fais là à cette heure ci ?

– Je veux rejoindre mon père qui est en bas dans l'avenue de l'autre côté de la passerelle.

– Tu ne peux pas descendre. L'ascenseur est fermé, la porte en bas, aussi. Viens on te ramène chez toi. Tu connais l'adresse ?

– Je ne connais pas le nom de la rue mais je peux retrouver la maison.

– Alors, on y va.

Les policiers raccompagnèrent le garnement jusqu'à son domicile. L'un des deux agents actionna fortement la poignée buttoir, finement sculptée. La lourde porte en métal, ciselée de même, résonna sourdement. Toutefois, force fut de constater que toute la maisonnée était déjà en émoi.

Fatima ne trouvant pas son fils, se crut obligée de réveiller tout le monde. Avec une lampe de poche, elle se mit à sonder l'intérieur du puits, qui se trouve sur le palier. La planche qui couvrait ce gouffre, rempli d'eau, avait été déplacée. Elle croyait que Mokrane ne pouvait être que là dedans. Personne n'a jamais su ce qu'il pouvait y avoir dans le fond, hormis le reflet de ce liquide. Un des deux représentants de l'ordre, demanda à Fatima ce qu'elle faisait avec sa lampe de poche à sonder le fond du gouffre. Elle lui répondit que son fils aurait pu y tomber, la planche couvrante ayant été déplacée.

Après cet incident, dans la journée même, à la demande du commissariat, les pompiers de la ville firent cadenasser la cavité. Ils remirent un double de la clé au propriétaire de la maison. Les autorités sanitaires reviendront ensuite, régulièrement, une fois par an, en sonder le fonds et analyser l'eau.

Malheureusement, contre toute raison, Mokrane continuera à fuguer. Á force, il finira par rencontrer la chute qui lui occasionnera un profond handicap physique.

Hélas, les évènements futurs liés à cette ultime escapade lui feront découvrir les pires cauchemars. Que des souffrances ! Il en connaîtra énormément, tant physiques que morales. Que des larmes ! Il en versera à faire déborder le Rio Grande.

Il deviendra, d'ailleurs, un grand amateur de westerns. Les chevauchées fantastiques des indiens lui assureront un baume salvateur tout au long de sa misérable jeunesse. Les risées, contre lui, iront bon train, à la vitesse des chevaux lancés au grand galop. Il ne pardonnera jamais, ces moqueries. Sa jeunesse ne sera par la suite qu'une suite de bagarres et de chagrins. Il pensera en lui même, tristement :

« Je suis la risée d'une société, qui se dit musulmane et charitable. Izane ! – (Merde en kabyle) »

En somme, rien ne lui fut épargné. Des années plus tard, lorsqu'il fut en âge de comprendre la vie à travers le cinéma américain, il ira même jusqu'à envier le destin de Quasimodo. Il apprendra, qu'à l'instar de ce célèbre bossu, aucune Esméralda arabe ou kabyle ne voulait de lui. Il traitera ses sœurs coreligionnaires, d'écervelées qui se complaisaient à dévorer les hebdomadaires à sensation.

De leur part, jamais il n'eut le droit au plus petit regard soit-il. Y compris la « squouletta », la fille décharnée. Elle le fuyait, comme s'il avait la peste bubonique. Pour ainsi dire, Mokrane provoquait rien que par son regard loucheur, une sorte de mini-peste.

Sans être contagieuse, sa vue divergente gênait sans que son esprit le fut. Cela suffisait à faire détourner de son visage même, la vision la plus charitable fut-elle. Il n'admettait ni égard, ni pitié à son encontre. Alors, il ne cessera de rêver à toutes les jolies filles du septième art Hollywoodien. Une de ces préférées sera la belle Ava Gardner.

Du haut de ses cinq ans, il fuguera à nouveau. Mais cette fois-ci, il partit à la rencontre de ce qui allait être sa terrifiante jeunesse et son cauchemar. C'était un jeudi du mois de juillet. Comme d'habitude, la chaleur s'était invitée, imposant la sieste quotidienne, sauf pour lui. Ce petit rebelle kabyle avait hâte de voir sa mère s'assoupir. Il voulait sortir absolument. Il attendit un peu. Puis s'étant assuré du sommeil maternel, il s'esquiva. N'ayant pas de pièce d'un douro pour emprunter l'ascenseur, il dut prendre l'escalier central, qu'il dévala à grande vitesse.

Arrivé au troisième niveau bas, il prit peur. La vue béante de la fenêtre, sans protection, donnant sur le vide, côté rocher, le terrorisa. Dans la mesure où la construction de l'édifice, a été accolée à la roche de la falaise. Craignant la sortie impromptue du djinn de l'après-midi, l'enfant paniqua. Il reprit sa folle descente sans remarquer l'écorce d'orange, sur une des marches. Son pied gauche glissa dessus. Emporté par son élan, il fit un roulé boulé, jusqu'en bas, à mi-palier, au quatrième niveau. Il se retrouva assis ses deux pieds ballants, à travers les barreaux de la rampe. Il eut le réflexe de lever la tête. Il vit avec horreur la cage d'ascenseur qui descendait sur lui. Pressentant une menace certaine sur ses genoux, le gamin dégagea, aussitôt, ses petites jambes. Il ferma ses yeux.

Lorsqu'il les rouvrit, il s'aperçut qu'il ne lui manquait que sa chaussure gauche. Sur le moment, il n'avait pas réalisé qu'elle lui avait été happée par l'appareil :

« Me voilà avec une chaussure en moins ! Que vais-je raconter à maman, pensa-t-il ? »

Il se dégagea, remontant les quatre étages. Il était juste un peu choqué. Il ne ressentit rien sur le moment, aucune douleur. Il revint chez lui. Mais il lui fallait échafauder un scénario. Car sa mère finirait bien par lui demander des nouvelles de la perte de cette chaussure. Il pensa lui dire qu'il faisait tellement chaud, que les pompiers s'amusaient à arroser les gens avec leurs lances à incendie. Arrivé à la maison, l'enfant raconta avec sincérité l'histoire qu'il avait manigancée.

X
Fatima et son amie Juive – Sarah, la couturière

Mais sa mère n'en crut pas un mot. Mokrane inventa ensuite un prétendu vol dans une bousculade de rue. Là non plus, Fatima ne fut pas dupe. Elle lui rétorqua sèchement :

– Assez de mensonges, veux-tu ? Tu sais bien que dans l'après-midi, entre douze et seize heures, personne ne peut sortir à de pareilles heures. Encore moins les enfants de ton âge. Ne me racontes pas que tu aurais, aussi, rencontré le djinn des chaleurs et qu'il t'aurait volé qu'une chaussure au lieu des deux ? Ton djinn ne serait-il pas unijambiste par hasard ? Si c'est le cas, je remercie Allah de l'avoir bien puni !

– Mais, maman...........

– Tais-toi quand je parle, sale menteur. Je te pardonne et t'as pas intérêt à recommencer. Une sieste est une sieste. Tu es tenu d'en observer le principe. Le mauvais esprit veille et puni le mauvais comportement des enfants de ton espèce ! C'est compris ?

– Oui, maman.

– Maintenant, sur ton matelas et en vitesse ! J'attends du monde. Tu n'as pas intérêt à me déranger.

– Qui maman ?

– Mon amie Sarah, la couturière juive, elle va venir avec sa fille Rachel.

– Sa fille a quel âge ?

– Dors ! Sinon, je fais appel au djinn de l'après-midi qui fait voir plein de cauchemars aux enfants désobéissants.

– Oui, maman je vais dormir.

Sarah vint quelques instants plus tard, sans Rachel. Les congratulations d'usage terminées, Fatima fit asseoir sur un matelas son amie et s'enquerra des nouvelles de la fille :

– Rachel, va bien ?

– Oui, merci Fatima. Elle s'excuse. Elle n'a pu m'accompagner. Elle a rejoint son père à la synagogue, pour préparer la circoncision d'un petit neveu. Tiens, je t'ai réalisé une jolie robe et t'ai apporté un autre tissu pour ta prochaine commande.

– Merci, Sarah. Par Ali le prophète, tu couds divinement.

– Fatima, je t'entends souvent jurer « par Ali ». Alors que tout le monde ne jure que par « le prophète Mohamed ». Pourquoi ?

– Parce que le prophète Ali a été un guerrier bien plus courageux que ne le furent les Arabes. Je le préfère pour son audace. Il fut lâchement assassiné. En plus, je porte fièrement le prénom de sa femme lala Fatima. Á nos affaires maintenant, avant le réveil de mon petit.

La couturière ouvrit son large couffin. Elle étala ensuite la robe et la coupe de tissu sur ses genoux, à la grande joie de sa belle cliente :

– Je vais encore faire des jalouses, s'exclama la Kabyle.

– Je n'en doute pas, avec une taille élancée comme la tienne. Tu aurais pu être un joli mannequin.

– Je te remercie ma chère Sarah. Ton compliment me va droit au cœur, comme le bon miel de ma chère Kabylie. Je dois te donner combien pour ces belles choses ?

– 20 douros pour la robe, 10 pour la pièce. Je n'ai pas compté la couture.

– T'es quand même chère.

– Sur la tête de grand père Shlomo que je suis la moins chère sur le marché.

– Ne jure pas sur la tête de Shlomo ! Tu n'es pas l'une de ses trois filles. Laisse-le reposer en paix !

– Attends ! Fatima, j'ai l'impression que tu te fous de moi ! La comptine populaire sur Shlomo dit le contraire en arabe.

– En ce qui me concerne, j'éprouve du respect pour ce grand père. Certes, la comptine est méchante. C'est Arabe. Sarah, sache que pour moi, cette chansonnette représente une tout autre valeur. Shlomo fait partie du paysage et de la culture arabe. Son souvenir restera vivace dans le peuple indigène. Que tu le veuilles ou non. Car, le jour où l'on ne chantera plus « Shlomo est mort » ce sera la fin d'un monde. Dans l'immédiat, Shlomo appartient à toute l'Algérie, tout comme l'est cette petite chansonnette. Revenons à un prix à la baisse ! S'il te plaît.

– Fatima, qu'entends-tu par là : « Ce sera la Fin d'un monde ». Tu me fais peur.

– Hélas, ma pauvre. J'ai entendu dire que les indigènes préparaient une révolte pour chasser les Roumis et les Juifs.

– Fatima ! Ou tu cherches à m'intriguer ou tu veux avoir le dernier mot, comme d'habitude. Je ne sais comment tu fonctionnes.

– Ne t'inquiète pas trop. Ce ne sont que des rumeurs.

– Merci, tu me rassures Fatima. Mais j'ai l'impression que tu me mets sous pression avec ton marchandage.

– C'est normal, je suis une Kabyle. J'aime négocier autant que les Juifs. Nous n'allons pas nous fâcher pour un bout de tissu quand même ! Nos deux peuples ont, déjà, tellement souffert au cours de leur longue histoire. Je le reconnais, le tien un peu plus. Laisse moi te rappeler une chose, ma devise est : « Qui veut payer moins, doit négocier plus. » Qu'en penses-tu ? Et toi, quel est ton prix ?

– Je n'en pense rien. J'ai, surtout, l'impression que tu te fous de moi. Je te fais le tout à 20.

– Non, je ne me fous pas de toi. Je te donne 15 douros ; avec en prime une douzaine d'œufs et un petit gigot d'agneau.

– D'accord un grand merci, Fatima. La prochaine fois c'est moi qui te ferai un cadeau.

Fatima se leva et alla sur le palier, dans la pièce aux réserves, chercher les produits. Il n'y avait qu'elle, qui pouvait y accéder. La clef ne quittait jamais sa ceinture. Elle donna à son amie juive comme promis, les œufs et le morceau de viande.

Après le départ de Sarah, Mokrane se hasarda à poser la question à sa mère. En effet, faisant semblant de dormir, le garçon n'avait perdu aucune miette de la conversation entre les deux amies :

– Dis maman, je vous ai entendu parler de Shlomo et de la comptine populaire.

– Oui et après ! T'es un peu trop curieux pour ton jeune âge.

– Mais, maman, je suis sûr qu'il s'agit du même Shlomo. Les enfants la chantent dans la rue dès qu'ils voient passer un Juif. Les paroles disent : « Ah, Shlomo est mort et a laissé trois jeunes orphelines : une aveugle, une folle et la troisième lui grattait le cul de son vivant. « Dis maman, c'est vrai ?

– Tu vas te taire sale garnement. Je ne veux plus entendre de telles sottises sortir de ta bouche. Sinon, je la gratterai avec le piment le plus fort que même un torrent d'eau ne pourra apaiser la brûlure, que tu sentiras sur ta langue de vipère.

– Ce n'est pas juste, maman. Pourquoi, toi, tu peux dire des choses. Et à moi, tu me le défends ?

– Tais-toi ! Attends d'apprendre de la vie. Forge-toi une expérience avant. Après, tu pourras traiter d'égal à égal avec n'importe qui, y compris les Juifs. Le peuple hébraïque est intelligent et tu devras apprendre à te conduire en bonne intelligence avec. Je te défends d'effacer de ton esprit plus tard ce que tu auras entendu de moi aujourd'hui. C'est un conseil sous forme d'interdit ! Tu ne dois pas juger, sans connaître. C'est compris ?

– Oui, maman.

Fatima regarda son fils un instant. Celui-ci se demandait ce que sa mère préparait. Il aurait bien voulu pénétrer l'esprit maternel.

Elle le surprit :

– Pauvre nigaud ! Tu penses pouvoir lire dans ma tête. Je te rassure. Même le Djinn ne le pourra.

Le garçon ne savait à quel saint se vouer pour trouver les arguments, qui le sauveraient de la perspicacité d'une telle maman. Lorsqu'il s'entendit reposer à nouveau la question fatidique :

– Maintenant, qu'as-tu fait de ta chaussure ?

– Un gosse plus grand que moi m'a embêté. Je l'ai perdue en prenant la fuite.

– Comment ça, un gosse plus grand ? Tu aurais pu au moins chercher à te défendre.

– D'accord, mais qu'elle aurait été ta réaction si j'étais revenu avec mon œil valide en moins. Déjà, que celui de droite est presque aveugle, louchant vers mon épaule droite.

– Excuse-moi, mon pauvre petit. Je n'y pensais pas de cette façon. J'espérais…… enfin bref……

Pour une fois, Fatima se trouva prise au dépourvu. Elle se dit que Mokrane n'était pas si facile à piéger. Elle enleva, donc, sa robe et mit celle de sa couturière. Elle arrangea un peu sa longue chevelure châtain et entreprit de préparer son voile noir.

– Où est-ce que tu vas maman ?

– Je me rends à la petite fête organisée par la famille des « Boussaâdia », à l'invitation de la mère de famille.

– « Boussaâdia » ? Je ne connais pas.

– C'est une famille noire qui accueille une troupe de danseurs Sénégalais ou Soudanais. On ne sait pas trop l'origine exacte. J'y vais pour combattre leur ésotérisme. Surtout ne le dis pas à ton père.

– Je ne comprends toujours pas. Tu répètes souvent que tu n'aimes pas les noirs. Pourquoi, aimes-tu cette famille et pas les autres ?

– C'est trop compliqué à t'expliquer comme ça. Tu le sauras plus tard. J'ai de l'amitié pour Fatouma, la maman. Je l'ai rencontré un jour au hammam. Nous avons sympathisé depuis. Elle m'a envoyé un message pour lui venir en aide.

– C'est quoi une aide, maman ? Je ne comprends pas.

– Enfin, tu me retardes. Tu poses trop de questions. Je crois qu'ils vont procéder à une cérémonie rituelle africaine. Le mari de Fatouma est capable de faire exciser sa toute dernière fille.

– Tu es compliquée, maman. C'est quoi exciser ? Tu ne peux pas parler plus simplement ?

– D'accord ! Les garçons ont un zizi comme toi et les filles une zizette. Le zizi des garçons passe à la circoncision et la zizette passe à l'excision. Tu comprends ? Je voudrais éviter cette souffrance à la pauvre petite. Je suis contre cette coutume.

– Oh, là... là... là... de plus en plus compliqué...........

– Voilà, en toute simplicité les parents font ça à leurs enfants pour leur empêcher la pratique du jeu interdit. En somme ton zizi ne doit pas entrer dans la zizette d'Ouarda, ta copine du premier étage. Car, j'ai remarqué que tu jouais souvent avec elle « au docteur et l'infirmière ». Tu vois ce que je veux dire ?

– Toujours pas ! Maman est si le zizi en a envie ?

– Et bien, il attendra le mariage. De toute façon, je t'expliquerai tout ça avant. Sinon, tu le sauras en voyant les animaux le faire. Au revoir !

Fatima se drapa en noir, à la Constantinoise. Elle ajusta sur son joli visage, un léger voile blanc. Au moment de franchir le seuil, elle lança une dernière recommandation :

– Si ton père revient, ne lui parle pas de tout ça. Dis-lui, que j'ai rendu visite à ma cousine Ouardia.

– D'accord. Je pourrai venir aussi voir la zizette passer à l'exc... Comment tu appelles ça déjà...... ?

Mokrane n'eut pas le temps de finir sa question. Sa mère partit, claquant la porte derrière elle.

L'épisode d'échange avec son amie Sarah était tout à fait représentatif du caractère atypique de cette femme Kabyle. Elle avait une manière forte ingénieuse de « commercer » avec les autres.

Lorsque son mari revenait de Kabylie ou des souks, il lui ramenait des produits de consommation courante. Il y avait de quoi nourrir toute une légion. L'huile et le miel venaient de Bouraya ou d'Ighil-Ali. Quant aux souks de la région, ils fournissaient : viande, volaille, œufs, fruits, légumes et épices.

Sans le révéler à personne, Fatima rangeait toutes ces victuailles dans la réserve, qui lui servait, aussi, de cuisine pendant l'hiver. C'était un privilège locatif. La chambrette jouxtait l'unique chambre à coucher familiale. La rusée femme exerçait parfois à domicile, dans une discrétion totale, avec une voisine ou deux. Mais la plus forte demande venait des clientes extérieures.

C'était un véritable défilé de femmes voilées. Protégées jusqu'aux chevilles, personne ne pouvait se douter que les visiteuses repartaient le cabas plein. Quant à son amie Sarah, Fatima remplissait le fond du sac que la couturière recouvrait aussitôt avec une couverture, rajoutant par dessus des morceaux d'étoffes, aux couleurs vives.

Les femmes réunies dans le patio disaient de Fatima :

– Qu'est ce qu'elle fabrique tout le temps avec sa femme juive ?

Lorsqu'elle entendait leur médisance, elle leur balançait, méprisante :

– Vous n'êtes que des pauvres femmes à la solde de vos idiots de maris. Je vous dis « izane » – *(merde en kabyle)* Avec ma femme juive, nous ne faisons pas semblant de jouer à l'homme et à la femme. Nous deux c'est du sérieux. Nous ne pratiquons que la couture. Avec un sourire radieux elle enfonçait le clou dans leur petite tête. Maintenant, vous n'avez rien d'autre à faire ?

Ce qui mettait fin à toute discussion. Plus d'une commère la craignait. Elle les battait toutes dans n'importe quel domaine, qu'il fut culinaire ou autre. De toute manière, les voisines ne pouvaient rien lui reprocher. Elles la trouvaient, plutôt, d'un bon conseil et n'hésitaient pas à lui demander son avis. Fatima était la seule qui, parfois, pouvait leur faire des courses, en l'absence de leurs époux.

Parmi lesquels, certains préfèraient la station assise au café maure du coin que de porter un couffin domestique garni.

XI
Il subit les premiers soins « non halal »

Un ou deux mois plus tard, lors d'une réunion familiale, Mokrane s'étant assis, jambes croisées, comme d'habitude, ne put se relever normalement. Il éprouva une réelle difficulté. Pour se remettre debout, il dut se servir de ses mains. Le cousin Mohamed, fils de l'oncle Amar, vit le manège et le signala à sa tante :

– Tata Fatima, j'ai remarqué que Mokrane a du mal à se lever. J'ai observé que depuis quelques jours, il se massait la hanche gauche. Je trouve ça bizarre.

– Merci de me le signaler. Je vais m'en assurer sur le champ. Attends, tu ne sais pas ce qui s'est réellement passé l'autre fois ? Il est revenu avec un pied nu à la maison. Il avait juste la chaussure droite à la main.

– Oh, oui. Je m'en rappelle. Il m'a dit qu'il avait fait une chute dans la cage d'escalier de l'ascenseur Perrégaux, en voulant rejoindre le car de Bouraoui.

– Je vois.

Fatima bien qu'elle cachât son inquiétude, interrogea Mokrane qui lui confirma l'incident.

– Lorsque ton père sera de retour, je lui demanderai de t'accompagner chez le médecin, spécialiste des os, rue Anatole France.

C'est une artère qui, portant le nom d'un illustre Français, connaîtra un épisode ubuesque à l'indépendance du pays.

Á la grande satisfaction de Fatima, son époux rentra plutôt que prévu. Comme d'habitude, il avait les bras chargés de provisions, destinés à la « Caverne aux trésors ». Ce jour là, lundi, il revenait du marché de Condé-Smendou. L'épouse lui expliqua brièvement le problème de Mokrane. Le père emmena son fils sans tarder à la clinique du spécialiste, en chirurgie osseuse. Où l'assistant pour la clientèle, n'était autre que l'oncle Makhloufi, le mari de Mina.

L'examen médical terminé, le médecin dit à Larbi :

– Votre fils n'a rien de bien grave. Juste une légère foulure au niveau du bassin gauche. C'est guérissable à la seule condition de respecter le traitement. Je peux l'hospitaliser dès maintenant si vous voulez. Son état ne nécessite que le plâtrage de toute la jambe gauche, jusqu'à mi-poitrine. Á propos, est-ce que vous avez l'assurance sociale ?

– Non. Je n'en ai pas besoin. Je peux vous payer intégralement, le prix que vous me demanderez.

– Á la bonne heure. Accordez-moi juste une heure le temps de faire préparer votre enfant par mon infirmière.

– Faites, je peux attendre. J'ai déjà fini ma journée, lui dit le père.

– Maria ! Vous pourriez venir ? Nous avons une jambe à plâtrer.

Maria ne tarda pas à se présenter avec un drôle de bonnet sur la tête. Mokrane considéra l'étrange coiffe comme une curiosité. Il trouva la fille si jolie qu'il en oublia le motif pour lequel son père l'avait amené en cet étrange endroit.

L'infirmière lui prit la main avec douceur et l'emmena dans une grande pièce. Il remarqua qu'au milieu d'un grand espace bien éclairé, trônait un curieux bonhomme blanchâtre, qui le regardait de ses yeux creux. Le petit garçon trouva que le personnage lui souriait étrangement, découvrant de grandes dents affreuses. Il ressenti une telle frayeur qu'il se réfugia précipitamment sous les grandes et belles jambes de l'assistante.

– Allons, n'aies pas peur, lui dit-elle, ce n'est qu'un squelette. On l'a surnommé « Jo la terreur ».

Rassuré, le malade se laissa faire. Il fut allongé sur une grande table, entourée d'objets hétéroclites.

– Nous travaillerons un peu plus vite, dit le praticien, nous n'aurons pas besoin de te raser petit homme.

L'opération de plâtrage ne se fit pas sans appréhension. Le « petit homme » voyait ce qui pourrait ressembler à une pâte à pain. Il pensa à de la farine. Sa mère faisait pareil, que ce monsieur en blouse blanche. Elle trempait souvent ses délicieuses mains dans une bassine d'eau, pour pétrir la pâte. Il ne comprenait pas le manège de ce curieux soigneur. Pendant que l'infirmière posait régulièrement autour de sa jambe gauche tendue, un tissu très fin, les mains de l'homme pétrissaient une espèce de texture claire et transparente. Le jeune patient voyait la consistance monter et se durcir, au fur et à mesure, sur cette partie de son corps. Il finit par constater qu'il ne pouvait plus bouger sa jambe, à part ses doigts de pied. Il était terrorisé. Il craignait l'étouffement par cette espèce de chose sans nom.

– Non, non, au secours Bouraoui. J'ai peur. Je ne veux pas de ça. Le monsieur fait avancer sa pâte blanche pour m'étrangler. Je préfère plutôt m'étouffer goulûment avec la bonne *« kesra » – (pain)* de maman.

– Du calme, fiston, le rasséréna le médecin, tu n'as pas à avoir peur. Il te suffit de garder ce plâtre sur ta jambe, pendant trois mois. Tu verras. Ensuite tu te mettras à courir comme un lièvre. Se tournant vers le père, il lui dit :

– Il vous a appelé Bouraoui. Vous êtes pourtant son père.

– Oui, au quotidien tout le monde m'appelle ainsi, ma famille, mes enfants, mes neveux. En somme, tout le monde, c'est mon nom de baptême à cause de mon métier. Mon vrai prénom est Larbi.

– Ah, bon ! J'ai pratiquement fini. Comment allez-vous faire pour transporter votre fils. Je peux le garder, j'ai des lits disponibles. Là au moins, il sera à l'abri des grandes chaleurs et aura les meilleurs soins.

– Non merci docteur ! J'ai mon autobus qui m'attend en bas, dans la rue.

La clinique étant à l'étage, l'assistante et Oncle Makhloufi aidèrent le père à descendre le plâtré jusqu'au bus où il fut couché sur la banquette arrière.

Le père fit faire demi-tour à son véhicule à l'intérieur du garage des cars « Lakhdar ». Il remonta la rue Anatole France et descendit l'avenue Viviani.

Il gara son véhicule, sur un terrain vague, en face de la caserne des pompiers et s'engagea dans le quartier Perrégaux, portant son fils à bout de bras. Á partir de là, la marche fut plus laborieuse. Il fallait évoluer à coups de « balek, balek » parmi une foule dense.

Pour devoir avancer, au milieu de tous ces indigènes bigarrés, le père était obligé de présenter tantôt son épaule gauche, tantôt l'épaule droite. Personne ne prêtait attention à ce type qui portait un étrange colis, avec une jambe raide et l'autre branlante.

Arrivé sous la voûte de la rue Bedeau, Salah, le marchand des fruits et légumes à l'étal, l'apostropha amicalement :

– Eh, Larbi, t'en prends des précautions. On dirait que tu transportes un paquet d'œufs.

– Ne t'en fais pas, lui répondit'-il, ce n'est que Mokrane. Je le ramène à la maison après une séance de soins.

Bouraoui entra dans la maison. Il traversa lestement le patio, où les femmes s'affairaient. Les unes lavaient du linge. Les autres nettoyaient des légumes pour la chorba du soir. Le père, déposa délicatement son fils sur un des matelas, entassé en dernier sur les autres.

Fatima qui le vit faire, l'arrêta :

– Attends, attends pauvre homme, pas comme ça. Tu vas tout faire dégringoler. Mets ton fils provisoirement sur le tapis, là par terre.

Le mari regarda sa femme. Il avait l'air de ne pas comprendre les propos de son épouse.

Elle l'éclaira un peu :

– Après votre départ, je suis sortie commander un lit à deux places chez le cousin de Sarah. Le livreur du magasin ne va pas tarder à venir me l'installer. Je lui demanderai de placer la literie du côté opposé aux matelas. Mokrane sera ainsi à l'abri de l'humidité.

La première semaine se passa à peu près bien, pour notre jeune convalescent. Mais la chaleur du mois d'août n'avait rien à envier à celle de juillet. Il faisait aussi chaud. L'air était sec. L'on connut une température proche de 39° à l'ombre. Le jeune plâtré à la française par une « Médecine non halal », souffrait dans son horrible carcan. Une grosse escarre se forma au niveau de son coccyx. Il en souffrit affreusement. Il sentait la sueur s'insinuer à l'intérieur de sa prison de plâtre. Cela le démangeait à tel point qu'il n'en pouvait plus. Il souhaitait mourir afin de mettre fin à ses horribles démangeaisons. Parfois, il lui arrivait d'invoquer un éventuel miracle de libération. Lequel finit, cependant, par se produire grâce à l'intervention de son père.

Passant outre les recommandations médicales, Bouraoui s'arma d'une pince coupante. Il tailla dans le vif la « carcasse », avec un réel plaisir. Il se voyait jeune homme, coupant les branches mortes d'un de ses figuiers en Kabylie. Il se dit à haute voix :

– Je mets fin à la souffrance, de mon fils, causée par une médecine non « halal ».

L'entendant parler de la sorte, Fatima rejoignit rapidement son mari. Elle était furieuse de ce comportement sacrilège :

– N'as-tu pas honte, de faire ça ? Tu as dû encore traîner avec tes copains « maraboutés » !

L'époux lui répondit sarcastique :

– Mais, enfin… réalises par toi-même ! Tu ne vois pas qu'il souffre.

– Et après ? Tu plaisantes. Par le prophète Ali ! Tu aurais dû écouter la proposition du médecin. Il fallait laisser Mokrane quelques jours à la clinique. Où il doit faire plus frais que dans cette sordide chambre, sans air ni clarté du jour. Ton fils finira par contracter aussi la tuberculose. Tu verras ce que je te dis.

– Jamais de la vie ! Il restera à la maison.

– Homme de peu de foi et sans charité avec les tiens. Tu es en train de condamner ton premier fils né.

– Je me fiche de ce qu'il peut lui arriver. Je n'y peux rien. Son mektoub l'aura décidé.

– Tu n'es qu'un ignorant. Un ignorant tu le resteras ! Je n'y vois aucun mektoub, là dedans. Il a eu un accident. Il faut le soigner, c'est tout ! Je n'y vois aucune fatalité.

– Tais-toi, femme ! Sinon ? Bouraoui brandit sous le nez de son épouse, sa pince coupante.

– Tu le regretteras. Argaz inculte.

La mère quitta la chambre très en colère pour retrouver la compagnie des voisines à qui elle raconta les malheurs de son fils. Mokrane fut ainsi libéré de son carcan « non halal », aux dires des barbares portant un « bout filtre ».

L'enfant reprit une vie à peu près normale, pendant quelques mois.

L'hiver revint avec ses frimas. La neige qui tomba sur Constantine, fit des ravages cette année là. Les chansonniers indigènes en firent même une chanson :

– *« Sur Constantine, la neige est tombée*

– *Dans Constantine, plus personne ne sortait*

– *Sur Constantine, la blanche tomba drue*

– *Dans Constantine, les indigènes désertèrent les rues*

– *Place de la Brèche, le marché aux poissons s'écroula*

– *« Sous le poids de la glace, le toit s'effondra*

– *L'on déplora bien des morts*

– *Aussi bien des clients Roumis que des poissonniers Maures*

– *Sur Constantine, la neige tomba*

– *Un funeste souvenir la ville gardera. »*

Naturellement, cet hiver fut un des plus terribles. Les pompiers intervinrent des dizaines de fois.

Le poids de la blanche intempérie s'appesantissait sur les toitures des quartiers arabes. Celui des soldats du « froid » s'ajoutait à celui de la glace. En équilibre précaire, au risque de leur vie, les courageux hommes balançaient dans le vide des blocs entiers de glace. D'énormes morceaux chutaient, faisant un bruit sourd sur les pavés des ruelles. De fines particules de poudreuse les suivaient dans la descente, vers le sol. Sans se soucier du danger, Mokrane escaladait ou évitait du mieux qu'il pouvait les congères.

Soudain, il entendit un pompier, lui criant du bord d'un toit :

– Eh petit ! Attention à toi ! Je fais tomber un bloc de glace.

L'enfant se mit sur le côté, adressant un signe amical au valeureux sapeur. Il se réfugia, ensuite, à l'abri devant la devanture d'un magasin. Il se dit :

« Ces hommes sont vraiment partout. Ils combattent aussi bien le feu que la neige. Leur énergie n'a pas d'égale. »

En attendant que l'amas de neige chut, Mokrane se remémora, malicieusement, le tour joué à sa mère. C'était lors de sa fugue très matinale. Il avait déplacé légèrement la planche qui recouvrait le puits. Fatima crut que son fils était tombé dans « le truc profond ». Toute la maisonnée croyait que l'endroit était habité par les djinns. Fatima avait provoqué un ramdam du diable à quatre heures du matin. Elle criait à tous :

– Je vous dis que mon fils a été enlevé par le djinn qui habite dans ce puits. Aidez-moi à le chercher.

Elle entendit deux ou trois voisines lui dire :

– Comment ? On ne sait même pas comment descendre. Il faut appeler la Police.

Puis Mokrane revint aux travaux de déblaiement. Le gros bloc enneigé venait de choir à ses pieds. Le gamin reprit prudemment son chemin, sur les pavés rendus glissants. Une étrange sensation le recouvrit. Le contraste de la rue déserte le fit frémir. Alors que le quartier était habituellement plein de bruits et de fureurs. Il s'ébroua comme pour se donner du courage et réalisa que la cause en était à l'hiver. Il se retrouvait seul au milieu de congères citadines, qui faisaient le double de sa taille. Il regretta un peu de ne voir personne venir à sa rencontre. Même pas la tête d'un indigène, emmitouflé dans son burnous, bravant fièrement le vent glacial. Le valeureux petit garçon se contenta des rares boutiques ouvertes. Il pensa qu'il fallait être inconscient de sortir par un pareil temps de froidure.

Les commissions domestiques auraient pu attendre. Mais la nécessité du moment le désigna comme étant le seul valide du voisinage.

Cela ne l'empêcha pas de se dire :

« Même pas un chien ou un chat dans la rue. Ils me prennent pour qui, enfin de compte ? »

Il apprendra, cependant, à l'âge adulte, qu'il était un chat dans l'horoscope chinois. Sans le savoir, toute sa vie durant, il se comportera tel un matou. Par ailleurs, si le populaire dit que le chat retombe toujours sur ses pattes, Mokrane, apprendra, tout en tirant sur sa « patte » gauche handicapée, à retomber, toujours, sur sa jambe droite valide.

La rigueur hivernale imposa, donc, à tous les voisins de garder le lit ou le matelas. Même Fatima était du nombre. Une grippe infectieuse s'était abattue sur la ville. Malgré son jeune âge, l'enfant se trouvait obligé de s'engager à fond, un peu plus chaque jour, pour aider les malheureux alités. Il le fit avec un tel bonheur qu'il ne se souciait pas du nouveau mal qui allait le frapper.

Certains guérirent de l'infection, d'autres en moururent. Mais la bravoure du jeune coursier lui occasionna une grave bronchite. Le docteur Catoire, une bonne relation de Bouraoui, l'examina. Le spécialiste diagnostiqua une tuberculose. L'hospitalisation d'urgence s'avéra nécessaire.

XII
Mokrane soigné par les fiancées du Christ

Le garçon fut admis à l'hôpital de la ville. Le service des maladies tuberculeuses, était peint tout en blanc. Des petits carrelages étaient posés à mi-hauteur murale. Le petit hospitalisé se vit confronter à une transition brutale. Autant la chambre de ses parents était peinte à la chaux et colorée en bleue, autant elle était imprégnée d'humidité.

Alors que sa chambre à l'hôpital était claire, illuminée par les rayons de soleil. Il s'y plut d'emblée. Il remarqua que le personnel soignant était plutôt humain et sympathique et non point des djinns, sortis de l'Enfer. Mais l'accoutrement pour un grand nombre était pour le moins curieux. Son bon œil voyait que cela ressemblait à des femmes voilées, autrement. Á la différence des femmes indigènes, celles-là avaient d'autant plus un visage dévoilé. Mokrane remarqua que certaines de ces infirmières pouvaient avoir une beauté cachée. Il s'en convaincu la nuit où l'une de ses charmantes soignantes s'approcha un peu trop près de lui, afin de le border. Il sentit le délicat frôlement de deux seins, malgré le vêtement porté par celle-ci.

Il ne comprenait pas du fait de son jeune âge, cinq ans environ. Venant d'un milieu musulman, il ne pouvait savoir qu'il s'agissait de religieuses. Il avait aussi constaté que leur coiffe était plus haute que celle de la jolie infirmière de l'avenue Anatole France. Il apprit à connaître de ces nonnes que sous leur feinte apparence, elles développaient un amour et une beauté de cœur, à toute épreuve. Elles soignaient et menaient à bien les guérisons. Le petit musulman tuberculeux subit des soins appropriés, plus de six mois. Pendant toute sa convalescence, il ne vit personne de sa famille à son chevet, sauf sa mère qui lui rendait visite de temps à autre.

Même Mina, l'amie de son père, venait le voir. Le reste du temps, dans sa solitude, les infirmières venaient le réconforter un peu. Mokrane leur en sera reconnaissant toute sa vie. Il aimait les voir déambuler dans leur tenue foncée.

Le stéthoscope au coup, pour les unes, des fiches médicales en mains, pour les autres.

Un soir de mélancolie, il pleura. Une des sœurs vint lui chanter une comptine française. Il saura qu'il s'agissait de « Frère Jacques ». Cependant, il lui préféra la chanson de sa mère, si proche dans son cœur et si lointaine à son œil. Il se rappela les paroles et les récita en arabe.

Il fut surpris de découvrir que la sœur la connaissait aussi, du coup, ils la récitèrent tous les deux : *« Dors, dors, petit chat / Pour ton dîner, il y aura / De la chorba, avec du persil, l'on cuisinera / Mokrane, tel un félin laperas / Dors, dors, petit chat / Le sommeil réparateur t'endormira. »*

La sœur y mit une telle passion dans sa voix qu'elle finit par calmer le petit alité, qui finit par s'endormir.

Jamais, il ne saura le nom de cette adorable nonne, ni celui des autres. Elles l'avaient toutes tant aidé et consolé. Elles lui prodiguèrent un tel dévouement qu'elles finirent par lui faire oublier qu'un jour, il avait eu une mère. Son jeune esprit avait pénétré leur monde. Il ne pleurait plus, riait et s'amusait avec elles. Lors, d'une grande fête, il vit arriver un grand bonhomme rouge, à barbe blanche, qui lui offrit un joli petit car. Il pensa à celui de son père et eut quelques larmes. Cependant l'ambiance festive lui remit du baume au cœur. Il se mit à chanter en chœur les paroles apprises, dans la journée : *« Il est né le Divin Enfant… »*

Bien qu'il ne comprenne pas ce que les paroles signifiaient, il les chanta. Sa voix couvrait celle des autres, au grand bonheur de l'assistance présente. Un jeune musulman chantant la naissance du Christ ! Bien plus tard, il comprendra le magnifique comportement des sœurs religieuses en Algérie ou ailleurs dans le monde.

Elles se donnaient à une tâche non pas colonisatrice mais bienfaitrice. Elles agissaient sans calcul pour rappeler la mission salvatrice de leur seul Fiancé, le fils de Dieu. Mokrane montrera encore plus de considération pour ces admirables promises à leur religion.

Un matin au petit déjeuner, intrigué, il osa poser une question :

– Dis-ma sœur, tu m'appelles tout le temps mon fils. Le père Larbi est ton mari ?

– Non. Mon fils, je suis marié avec le Christ.

– Comment, il est ? Tu vis avec lui ?

Visiblement gênée, la religieuse ne sut quoi lui répondre et expliqua de son mieux.

– Je ne sais comment te le dire. Le Christ est mort sur la croix, mon fils. Je vis avec Lui, mais autrement.

Mokrane, ne comprenait pas plus. Il resta sur sa faim, toute la journée. Le soir, il se risqua à une dernière question :

– Dis-ma sœur, si ton mari venait te voir à l'hôpital, tu me le présenterais ? Je lui dirai : *« Monsieur le Christ, ta femme me soigne bien. »*

L'arrivée inopinée du médecin de permanence tira la religieuse de ce mauvais pas. Répondre à de telles questions à un petit musulman, ce n'était pas banal. Elle se contenta de lui répondre par un sourire et s'éclipsa.

Beaucoup plus tard, en un autre lieu, Mokrane trouvera toutes les réponses qu'il aura vainement cherchées des années durant. Il finira par comprendre. Qu'aucune autre abnégation n'égalera celle de toutes ces fiancées du Messie. Ces femmes admirables représentent et représenteront, pour le petit kabyle, le seul lien de barrage à la folie de l'homme.

Tout petit il apprit, auprès d'elles, que la charité dans la solitude était l'ennemi de la désespérance.

Le temps passa. Le petit indigène guérit de sa tuberculose. Il fut raccompagné chez lui par deux aides soignantes.

XIII
Entre les mains des rebouteux arabes

Quelques temps après sa hanche le fit souffrir à nouveau. Son père ne trouva pas mieux que de le confier à des charlatans. Des rebouteux, dont la suffisance dogmatique n'avait d'égale que leur stupidité. Orgueilleux de leur personne, ils se permettaient de roter et de péter en public, sans retenue. Personne n'osait leur faire de réflexions. Ils faisaient tout ce que la bienséance aurait interdit au commun des manants. Ils se croyaient au dessus du lot. Ils personnifiaient bien plus la barbarie que la connaissance. Il fallait se taire et écouter leurs bruits insolites ponctués par des admonestations inaudibles.

Avec leurs « pattes », aux doigts fourchus, ils contrôlaient l'adhésion de tout le monde.

Les ignorants disaient : « *Ils ont été bénis par le verbe d'Allah !* »

Le rebouteux qui avait en charge le petit Mokrane disait à la famille présente :

– Sheitan l'habite, que je vous dis. Avec ma main dirigée par la « Main du Tout puissant », je vais renvoyer en Enfer l'Ibliss, qui bloque le fonctionnement de la hanche.

Puis, avec un geste sentencieux, il ajoutait :

– Bouraoui ! Vite chauffe-moi à blanc une faucille. Je vais te le déloger, moi, l'Aâfrit, *(diable)* de là ! »

Vite dit, vite fait. Le père revint avec un canoun, à la braise rougeoyante, sur laquelle reposait l'instrument. Alors que la destination première était plutôt, agricole. Hélas, pour cet ignare, brûler ou couper un bout de chair fraîche relevait d'un exploit béni par Allah ! Le charlatan prononça pompeusement les paroles sacramentelles :

– Au nom d'Allah, le plus Grand !

Il posa ensuite, avec délectation, l'outil de torture sur la peau du garçon. Ce dernier souffrant et hurlant, ne manqua pas de développer une formidable énergie de défense verbale. Il balança au bourreau, tout ce qu'il savait en injures adéquates :

– Fils de rien ! Tu sors d'où ? Salaud, je me plaindrai. Tu iras en Enfer ! La porte du Paradis te sera fermée !

Sous les brûlures cuisantes, Mokrane s'évanouissait à la grande satisfaction du pseudo savant. Afin d'asseoir un peu plus son autorité de religieux fanatique et barbare, ce dernier disait à l'encan :

– Ne faites pas attention aux injures de cet enfant. Comme je vous l'ai dit, c'est l'Aâfrit qui parle, pas la bouche de ce malheureux enfant. Je sens la patte du diable. Il tente de repousser la lame. Il est juste là.

Avec la pointe de la faucille placée au milieu de la hanche, le barbare, à « bout filtre », indiquait l'endroit sensé être la tanière du diable. En conséquence, il savait pertinemment que c'était l'os du bassin, qui résistait à la pénétration de l'outil. Il recommençait le geste avec le même rituel. Aucun sentiment de pudeur ne semblait émaner de son auguste personne.

Á défaut du « Malin », c'était lui, l'officiant, qui prenait un « malin » plaisir à brûler un innocent. Le sang coulait.

Ce salaud ne se contentait pas de prospecter un seul endroit. De sa main libre, il tripotait. De l'autre, il mortifiait. La lame faisait des ronds, cramant de temps à autre un autre endroit de la peau. Le mouvement partait de l'aine gauche, jusqu'à mi-cuisse.

Il répétait tout le temps les mêmes litanies :

– Je vous le dis, je le sens. Il est là, le diable. Il veut fuir l'instrument que je tiens. Vous remarquerez que la faucille est guidée par la volonté divine. Regardez comment elle bouge. Ma main n'y est pour rien. La souffrance de Mokrane est l'œuvre du Sheitan. Je reconnais là ses ruses. J'ai à faire à un tortionnaire. C'est Ibliss que vous entendez là. Ce vomi de l'enfer se rit de moi. Il me brave. Croyez-moi au Nom d'Allah, ces cris ne sont pas ceux de Mokrane. Inchallah !

Puis, prenant un air hautain, ce bourreau à l'air doctoral, intima le silence à toute la chambrée :

– Taisez-vous ! Je ne veux plus entendre un souffle. L'heure est grave. Je vais m'adresser directement au sheitan. « Veux-tu sortir de là ! Par Allah, je te l'ordonne. Sors que je te dis ! »

Ce corniaud enturbanné hurlait toutes sortes d'incantations absconses ! Le diable avait l'air de bien lui résister. Personne ne le vit sortir. Aux dires du saint-bouffon, le Malin devait se manifester par un ricanement. En fait, l'assistance entendait plutôt les cris démentiels du marabout et les hurlements de l'enfant. La chair du courageux Mokrane sentait le roussi. Les participants commençaient à s'impatienter. Le scepticisme se lisait déjà sur leur visage. Pendant ce temps, le petit supplicié était déjà parti. Il présentait un état syncopal. Personne n'avait l'air de faire attention à lui. Alertée par le dégorgement d'un flot de paroles démentes, Fatima surgit dans la pièce, bousculant violemment le rebouteux qui lui tournait le dos. Le docteur ès-conneries en maraboutisme, ignorant des réussites du « docteur Jack », roula sur le côté. Sa tête heurta le sol, à quelques centimètres du brasier. La chance était avec lui. La courageuse mère prit à bras le corps son fils et sortit dans le patio. Une des voisines l'accueillit dans sa modeste chambre. Dans le même temps, l'assemblée phallocrate, revenue de son émoi, pria Allah pour excommunier cette mère, qui venait de commettre un délit de lèse-divine, sur la personne d'un digne représentant.

La furie avait osé s'en prendre à un saint-homme. N'ayant plus de victime à « soigner », le pieux, offensé dans ses croyances, se releva. Il s'assit, afin de réfléchir un peu. La tête docte, il s'épongea le front avec un bout de sa djellaba. Il suait tellement que l'on sentait l'odeur infecte, qui se dégageait de son corps. Hormis les ablutions imposées pour la prière, il n'a pas dû aller oindre son corps au hammam, depuis une éternité.

Les simulacres terminés, Bouraoui remit au rebouteux un paquet de billets. Le père était visiblement satisfait. Il fallait mieux que son fils ait à souffrir de cette façon barbare, que d'être plâtré dans un carcan, non agréé « halal ».

Mokrane bien qu'il connût une courte période d'accalmie, fut à nouveau contraint à subir d'autres supplices.

Quelques jours, plus tard, il vit revenir son tortionnaire. Un deuxième acolyte, aussi rébarbatif, l'accompagnait. Les deux marchaient, se tenant par la main, à la rencontre du généreux et crédule père.

Ce nouvel arrivant portait une barbe bien plus longue. Le ramassis de poils lui descendait jusqu'à la poitrine. Le gamin y vit accroché, ça et là, le reste d'un repas : de la semoule de couscous avec un petit mélange de moelle. Le type a dû probablement léché à fond un os de mouton.

Le marabout prénommé Achour avoua, à Bouraoui, que Sheitan s'était avéré supérieur à sa science.

En la circonstance, il lui dit :

– C'était le mektoub ! Et le mektoub n'a pu me venir en aide, ce jour là. De retour chez moi, j'ai fait un rêve divinatoire. J'ai entendu une voix me conseiller le cheïkh Mabrouk. Je te le présente. C'est pourquoi je l'ai amené avec moi. J'espère que son nom nous portera chance. Il est versé à fond dans les versets du Saint-Coran. Aucun damné de l'enfer ne lui résiste.

Après un conciliabule, ponctué de hochements de turbans, les soigneurs optèrent à nouveau pour la faucille. L'instrument restait du domaine de cheïkh Achour. Quant à Mabrouk, il lui appartenait de jouer au maître à penser. Il devait passer en revue tous les versets appropriés du Livre-Saint. En hommes stupides, ils conseillèrent au père de suspendre le gamin, dans le vide.

L'un des deux vicieux, tout aussi prétentieux, déclara :

– Mon confrère et cheïkh, ici présent, a rêvé que nous ne serions pas de trop à deux. La faucille pour l'un, la récitation du coran pour l'autre. Nous pensons vraiment que le garçon est possédé !

Larbi ne comprenant pas le but de la manœuvre osa une question :

– Le suspendre comment ?

Mabrouk à la faconde reconnue, répondit :

– Il faut le suspendre en lui passant sous les bras tendus, une corde bien raide. Les jambes doivent rester libres. De cette façon, le Sheitan se retrouvant tête en bas, ne peut agir autrement que de sortir par l'ouverture que nous allons pratiquer dans la cuisse.

Devant la perplexité de l'assistance, le maître ès-crétinisme ajouta :

– Ouais, que croyez-vous ? La pratique de la religion est notre métier. Nous, on ne reste pas, comme vous. Vous n'êtes que des êtres avachis, sans réaction. Nous, on agit ! Inchallah !

Le paternel toujours intrigué, demanda :

– Suspendre Mokrane à quoi ? Le plafond est dépourvu de crochet. Je n'ai pas le temps d'en fixer un, maintenant.

Les deux « faussaires » en médecine parlèrent d'une seule voix :

– Que deux hommes forts le soulèvent, alors. Chacun devant le maintenir, bien droit, par une aisselle. Si possible, bras tendus et jambes libres. Deux membres de l'assistance se portèrent volontaires.

Le préposé à l'instrument, demanda aux porteurs :

– Vous deux placez vous légèrement en retrait, afin de ne pas vous faire brûler.

La lame de la faucille fut déposée sur les braises du canoun. Cheïkh Achour, se mit à souffler sur le feu, aidé en cela par les psalmodies de Mabrouk. Lequel s'adressa à l'assistance avide de savoir :

– J'insuffle la force d'Allah pour atténuer l'incandescence de l'outil. Par ce moyen, je veux rendre la chaleur aussi apaisante que l'onguent du

Paradis. Faites moi confiance, Mokrane ne sentira rien. La bénédiction d'Allah réside en moi. *Dites : Inchallah !*

Toute l'assistance répéta la formule : *« Inchallah ! »*

Achour s'armant de la faucille, sollicita la science de Mabrouk. Celui-ci s'exécuta. Sa voix sépulcrale troubla la placidité des curieux, assis dos contre le mur. Élevant un peu plus le ton, il déclama à l'encontre du Démon :

« Sheitan ! Ne fais pas ta sourde oreille. Je sais que tu m'entends. Toi, le génie du mal lorsque tu verras la chair s'écarter, nous t'ordonnerons par la Volonté de ton Créateur, de quitter ce corps innocent. Par la Volonté du prophète des prophètes, que son Nom soit sanctifié. Nous te demandons de sortir. Le prophète Mohamed est plus fort que toi. Nous te conjurons en son Nom Béni. Qu'il soit loué sur Terre comme au Ciel. »

Le prêche de son confrère terminé, Achour enfonça la lame courbée dans la cuisse du petit bout d'homme solidement maintenu en suspension. Les porteurs ne savaient pas qu'ils formaient ainsi une sorte de « fourches patibulaires ».

Achour intima aux assistants occasionnels :

– Tenez bon, vous n'avez rien à craindre. Mabrouk a invoqué pour vous la protection divine. Je ne veux pas d'accident ! Inchallah !

Le petit supplicié hurlait, insultant la sainte confrérie des « Boudjadis » – *(ignorants).* Fatima, entendant les pleurs de son petit, gémissait en se tordant les mains. Cela prenait la tournure d'un comportement ignoble. La foule présente était tétanisée, leur derrière collé au sol. Personne ne pouvait condamner une telle ignominie. Car le dévouement à la cause « halal », excuse l'inexcusable.

L'assistance aperçut, sous l'action du brûlage, la formation d'une incision plus large que la précédente. Les deux compères avaient déclaré qu'il fallait de l'espace au Sheitan pour s'en échapper. Pour eux, le malin devait emprunter le même passage que le sang. Le liquide sortait noirâtre, cramé. La peau brunissait sous la chaleur du métal.

La pointe de la lame, momentanément engagée, empêchait le sang de couler à flot. Quelques membres de l'assistance ne pouvant supporter plus longtemps la torture quittèrent la « Chambre des supplices. »

Le corps tenu par des bras puissants tremblait comme une feuille morte. L'horreur de la vision était à son comble. Ce fut encore une fois, la vaillante maman qui intervint. Elle mit fin à cette pratique d'un autre monde. Celui de la barbarie et de l'inculture. Elle l'aurait su, Fatima aurait peut-être pu invoquer la médecine disparue du grand Averroès ! Ou peut-être aurait-elle pu solliciter le concours des femmes rebouteuses, qui lisent dans le marc de café. À la seule différence que Mokrane n'aurait pas eu à subir là, le supplice de la faucille. Il n'aurait eu qu'à avaler, sans souffrir autant. Il aurait avalé juste un œuf dur, cuit dans les braises. Au lieu d'imposer à son fils une telle torture !

Hélas, Averroès fut ! Plus de 9 siècles plus tard le barbarisme à la manière des « Achour » et des « Mabrouk », est toujours aussi vivace, faisant subir les pires outrages à l'innocence.

Se rappelant toutes les abominations physiques, qu'il a dû subir, Mokrane regretta les douces caresses de Maria l'infirmière, lorsqu'il était en clinique.

Les soins qui lui ont été dispensés, dans cet établissement, par le docteur « Roumi » étaient à l'instar de ceux d'un Paradis. Par comparaison, les deux « Ambassadeurs » de la médecine « halal », aux mains calleuses, représentaient, pour lui, bien plus l'Enfer sur Terre que la science d'Allah !

Malgré son inconscience passagère, le torturé trouvera le courage de dire à ses tortionnaires :

– *Vous êtes une équipe de barbares. Bien que vous me soigniez au nom d'Allah, vous me faites subir les pires tortures. Que je ne vous retrouve pas sur ma route. Je vous tuerai bien volontiers.*

Le gamin s'évanouit à nouveau. Crucifié humain, tête penchée en avant. Le sang s'écoulait le long de sa jambe. Les gouttes du liquide, redevenu rouge, tombaient goutte à goutte sur le sol. Une petite mare se forma. Achour et Mabrouk ne savaient que répondre. La gène se lisait sur leur visage émacié, malgré leur barbe. Larbi était pétrifié de voir tant de souillure émanant de son fils, maculant une partie du tapis berbère. C'était le moment que choisit son épouse. Telle lala Fatma, l'héroïne de l'histoire kabyle, elle entra en trombe dans la « chambre des supplices ». Elle était furieuse. Son regard était meurtrier. Son époux fut surpris par tant d'audace. Contrairement à la première fois, cette fois-ci, l'insoumise fit des moulinets avec ses bras, poings fermés. Son bras droit, lancé en avant, s'abattit sans coup férir. Les quatre compères, déséquilibrés par la violence du coup, se renversèrent tous, tel un jeu de quilles.

La femme rebelle eut juste le temps de rattraper son fils, l'empêchant de tomber. Elle le bloqua contre elle et l'emmena dans la pièce occupée par la famille de Nana. Mokrane restera inanimé plus d'une heure. Lorsqu'il revint à lui, il remarqua que sa cuisse présentait une large incision. La vue du sang le terrifia beaucoup plus que la torture subie. Machinalement, il se tata la carotide.

Fatima qui le veillait le rassura par un sourire, malgré le malheur :

– Ne t'inquiète pas. Tu n'as pas été égorgé. C'est ta blessure qui coule. Je vais devoir t'emmener chez le médecin des Roumis pour te panser. Ce sont des salauds. Si c'est ça leur religion, elle est bonne à être jetée en pâture aux cochons !

Mokrane, un peu rasséréné avec sa mère et sa tante Nana dit avec violence :

– Moi aussi, si c'est ça la religion des « Achour » et des « Mabrouk », je m'en passerai ma vie durant. Je dis comme toi maman ce ne sont que des salauds. Ils disent que je suis « possédé ». Que signifie ce mot, maman ?

Fatima lui répondit :

– Que tu es sous la domination de l'Aâfrit. Tu connais !

– Oui, je connais. C'est plutôt eux deux, qui sont habités par tous les mauvais Djinns de la terre. Qu'ils pourrissent en Enfer. Inchallah !

Le fils esquissa un sourire qui réjouit agréablement sa mère :

– Tu ne peux me faire plus plaisir, Mokrane. Allez viens avec moi. Vite, je t'emmène à la clinique Guedj. Heureusement qu'elle se trouve à peine à 700 mètres d'ici. Avant, je vais devoir te placer un garrot sur le haut de ta cuisse.

– Comment, maman ? Je ne peux pas marcher.

– Ne t'en fais pas, je vais demander à un portefaix de te porter. On y va !

Après le départ de la perturbatrice, Mabrouk tendit une pile de sachets, pliés en quatre. Le père les prit sans prononcer un mot. Le rebouteux lui donna la recette à suivre :

– Voilà, tu as 7 sachets qui contiennent chacun un des versets du coran. Tu en tremperas un tous les soirs dans un verre d'eau, que tu feras boire à ton fils.

Le père lui demanda à quoi pouvait servir un papier détrempé, si la guerre par le feu n'avait pu venir à bout du Malin.

– Ne t'en fais pas, lui répondit le charlatan avec un sourire béat, le sachet contient un verset contre le Sheitan, Je l'ai écrit avec une encre noire, spécialement préparée dans mon école coranique. Tu plonges le paquet dans l'eau. Attends que le liquide brunisse. Le temps que l'écriture sacrée s'efface et se mélange à l'eau. Tu obtiendras une potion noirâtre. N'oublie pas d'enlever le papier. Tu feras boire la formule coranique à Mokrane. La même opération est à renouveler pendant sept jours. Attention, à chaque fois avant le coucher du soleil. Tu verras que le Sheitan se chassera de lui même. Au grand bonheur de ton fils.

Ensuite avec l'indécence dont sont capables certaines de ces gens, Mabrouk tendit sa main en direction de l'enveloppe que lui présentait le brave Larbi.

Quant à Achour, les yeux admiratifs, posés sur sa propre récompense, se crut obligé d'ajouter une dernière remarque :

– Attention, que Mokrane n'oublie pas de dire *« Biss mi Allah » – au Nom de Dieu ! »* avant d'avaler la sainte boisson. Il devra aussi prononcer : *« Y a Allah, Toi le plus Grand, délivre-moi du Sheitan. Son règne impur sur la Terre est la cause de ma douleur. »*

Pendant ce laps de temps, Fatima arriva à la clinique du docteur Guedj, s'y engouffrant rageusement. Le portefaix, portant la jeune victime, la suivait de près.

Le médecin qui examina le blessé s'enquit auprès de Fatima :

– Madame Bouraoui, qui a mis votre enfant, dans cet état ? C'est un miracle qu'il soit encore en vie. Un demi-millimètre de plus, la veine fémorale aurait été sectionnée.

– Un marabout. Il a fait ça avec une faucille chauffée à blanc.

– Je vois, puis après un pesant silence le médecin ajouta, madame je crois que vous venez de sauver votre fils. Vous ne déposez pas plainte contre cette barbarie ?

– J'ai eu l'intuition maternelle. Je suis intervenue avant. En ce qui concerne la plainte, il faut voir ça avec mon mari. Moi, j'ai fait ce qu'il me fallait faire.

– Bravo, madame. C'est un vrai miracle. Je garde votre fils pour des points de suture. Je vais coudre la blessure, en somme. Je le garde deux à trois jours en clinique. On verra l'évolution. La plaie est bien profonde. Même grave. Dites à monsieur Bouraoui de passer me voir.

– Oui, je le lui dirai ce soir. Demain nous serons jeudi. Il passera vous voir dans l'après-midi, avant son départ à Ighil Ali.

– C'est en Kabylie, je présume ?

– Oui, docteur. Merci pour ce que vous faites.

– Á propos, le spécialiste qui a plâtré Mokrane l'autre fois, m'a dit que votre mari avait fait une bêtise.

– Oui, Mokrane avait eu trop chaud. Du coup son père a décidé de lui retirer le plâtre.

– Demain, je lui dirai qu'il a commis la plus grosse erreur de sa vie. En attendant de vous rendre votre fils en meilleur état, je vous donne ces médicaments pour le soigner et lui faire des pansements, lorsqu'il retournera chez vous.

– Merci pour les médicaments. Vous comprenez ? J'ai tenté de m'y opposer. L'influence des rebouteux a été la plus forte. Mon mari n'a pas voulu m'écouter. Je vous remercie de ce que vous faites. Au revoir docteur.

Fatima, ajusta son voile et quitta la clinique. Elle avait le cœur gros, se posant beaucoup de questions sur l'avenir de son cher enfant. Elle traversa la rue Georges Clemenceau, pour entrer au magasin du Globe. Elle y fit quelques emplettes.

Dans la soirée, elle rapporta à son mari le pronostic médical. Au lieu de s'offusquer ou exprimer du regret, le père trouva juste à dire :

– Je vais l'envoyer chez son oncle Rabah à Bouraya. Je vais lui passer un message pour qu'il emmène Mokrane voir un autre marabout à Sidi-Aïch. Il paraît qu'il est le meilleur pour redresser ou réparer les os. On l'appelle Bazouli.

Il se passa environ une quinzaine de jours avant que le message parvienne à oncle Rabah, le beau frère de Bouraoui.

Pendant ce temps là, bien que la blessure fut maintenue en l'état, elle n'en continua pas moins de résister aux soins médicaux appropriés. La plaie n'arrivait pas à se cicatriser. La blessure s'étant infectée, du pus en sortait. Fatima ne voulait pas attendre plus longtemps.

La cuisse de Mokrane prenait une coloration inquiétante. Elle prit l'initiative d'aller trouver sa cousine Ouardia, qui fut chargé de téléphoner à Omar, le frère de Fatima.

XIV
Il est soigné par sa grand-mère Ouahchia

Mohamed-Chérif, le fils de la cousine, appela les PTT de Bordj-Bou-Arréridj, où Omar était technicien des lignes téléphoniques. Par ce biais filial, la mère parvint à joindre sa mère Ouahchia à Bouktone. La grand-mère perçut vite le mal dont souffrait son petit fils. Elle ordonna le rapatriement immédiat de Mokrane en Kabylie. La maman se dit en elle même :

« Je suis heureuse que maman ait accepté de soigner son petit fils. Elle reste la seule capable de refermer ce « trou du diable », béant sur la cuisse de mon fils. »

Dans la mesure où la grand-mère était réputée pour ses connaissances en herbes médicinales. La forêt kabyle en regorgeait. Mokrane partit dans la nuit du jeudi suivant. Il était aux anges de faire le voyage avec son père. L'autocar roula toute la nuit, sous une immense clarté lunaire. Le ciel fourmillait de milliards d'étoiles. De temps en temps, Larbi demandait à son frère Amar de lui servir un café bien chaud. Après Saint-Arnaud, Sétif et Bordj-Bou-Arréridj, ils firent une autre halte à Boni. Il était environ midi. Tahar, un des oncles maternels, attendait. Il avait été envoyé par la grand mère Ouahchia à la rencontre du petit fils.

Larbi lui confia l'enfant et reprit sa route vers sa prochaine étape le village Moka, avant Ighil Ali.

L'oncle Tahar aida son neveu à monter sur un âne. La selle était en alfa, recouverte d'une couverture à motifs berbères. Les longues oreilles de l'animal effrayèrent le jeune enfant.

– N'aies pas peur, enfant de la ville, lui dit Tahar comme pour le rassurer, c'est une bête dont le pas est sûr et mesuré. Il ne craint aucune piste, même à flanc de ravins. Encore moins les ravines. Tu verras que la Kabylie n'est que montagnes, ravins et ravines. Tu apprendras à connaître le charme des vallées sauvages et encaissées. D'ailleurs le village Bouraya en est un exemple.

– Bouraya, c'est le village de Bouraoui ?

– Oui. C'est le nom du village où ton père est né.

– Ah, bon. Puis après un court silence Mokrane reprit, je peux faire confiance à l'âne, alors.

– Tu peux. Le parent fit un geste de la main, agrémenté du cri habituel, « Rrrrrr… »

Le baudet se mit à avancer tête baissée, suivi par l'oncle. L'homme marchait aux côtés de la bête. La piste était pierreuse. De temps à autre, Tahar muni d'un bâton de berger, retournait les pierres avant de poser un pied. Ce qui ne manqua pas d'attirer l'attention du jeune citadin.

– Dis, oncle Tahar, pourquoi tu fais ça avec ton bâton ?

– Il commence à faire plus chaud. Une pierre peut cacher une vipère ou un scorpion. Ces bestioles sont dangereuses. Une seule morsure peut tuer.

– Pourquoi, ils font ça ?

– C'est leur façon de se protéger du soleil. Ils se cachent. Quand on les dérange, ils attaquent par peur.

– Ah, je vois. Je ferai comme toi. Je peux avoir un chapeau comme le tien ? Le soleil me chauffe la tête.

– Je t'en donnerai un à ta taille à Bouktone. Pour l'instant, t'en as pas besoin. Nous allons traverser une profonde forêt. Nous y serons à l'abri du soleil.

Le chemin ombrageux serpenta sur plusieurs kilomètres. La piste était accidentée. Elle descendait ou montait abruptement, mettant mal à l'aise, l'assise du neveu. Celui ci se tenait du mieux qu'il pouvait, s'agrippant fortement à une espèce de pommeau. La position finit par lui devenir insupportable. Son infirmité à la hanche le relançait. Mokrane se plaignit timidement.

– Oncle Tahar, je crois que ma cuisse saigne. Ma hanche me fait mal. Je crois que je ne peux pas rester assis trop longtemps, jambes écartées, sur la selle.

– Tu veux t'asseoir comme une femme alors.

– Je ne suis pas une femme ! Ma hanche me fait souffrir, un point c'est tout ! Tu ne peux pas comprendre. Je ne te souhaite pas de connaître ma douloureuse expérience.

– Bon, bon, ne te fâches pas. Je ne voulais pas être méchant. Je vais te changer de position. Par contre, je ne pourrai t'aider pour te soigner. Patiente. On n'est plus très loin du village Ferracha. On demandera du secours là-bas. Parfois, on y rencontre les sœurs blanches, des infirmières.

Bienheureux fait prémonitoire. L'affirmation de l'oncle fut exaucée. Deux sœurs missionnaires et une jeune fille kabyle, venaient à leur rencontre. Toutes les trois portaient un chapeau de paille. La fille était blonde aux yeux verts. Ses longs cheveux étaient montés en chignon. Mokrane subjugué par tant de grâce lui fit un clin d'œil. Mais son clin d'œil, à lui, était de fermer les deux paupières. Les sœurs étaient vêtues en blanc.

L'oncle vit la fille rougir et sermonna gentiment le garnement : *« Je t'en parlerai après. »*

– Maintenant, on va demander à la sœur blanche de voir ta blessure. Elle va te refaire un nouveau pansement.

– Merci, oncle Tahar. Tu es gentil.

Le parent sollicita le concours de la religieuse :

– Bonjour ma sœur !

– le bonjour sur vous, mon fils !

Mokrane fut étonné qu'elle réponde à son oncle en kabyle. Il se posa cependant la question sur l'âge présumé de la nonne et sur sa maternité, il l'a entendu dire à oncle Tahar : « Mon fils ! »

Dans sa tête de jeune enfant, il eut une autre réflexion :

« C'est impossible qu'oncle Tahar soit, aussi, le fils du Christ. Déjà qu'à Constantine, j'avais entendu une autre sœur m'appeler pareillement. Enfin de compte, elles sont combien de sœurs semblables à avoir des maris et des enfants partout, tout en étant mariées au seul Christ ? »

Son esprit s'embrouilla. Il se hasarda à poser une autre question :

– Oncle Tahar, Je ne comprends rien à tout ça. Elle est ta sœur ou ta mère ?

– Tais-toi, elle va t'entendre. Elle comprend le kabyle. Je t'expliquerai après.

– Laissez, laissez, mon fils je vais lui expliquer, puis elle adressa la parole au petit cavalier assis à l'amazone sur le baudet.

– Quel est ton prénom, petit garçon amazone ?

– Mokrane. Mais je ne comprends toujours pas. Á l'hôpital de Constantine, une fois je disais *« ma sœur »*, une autre fois *« ma mère »*. Et toi, comment dois-je t'appeler ? Je ne sais plus.

– Cela n'a aucune importance mon fils. Voyons maintenant ta blessure.

La religieuse déroula la bande et fit une moue d'inquiétude, nettoyant la plaie. Elle refit un nouveau pansement et interpella Tahar :

– Cela m'inquiète. Une très mauvaise blessure ! Vous allez où comme ça ?

– Bouktone ! Mokrane est le petit fils de Ouahchia, de la tribu des Béni-Méni.

– Je connais bien cette guérisseuse. Elle a une sacrée réputation. Elle n'ignore rien de la vertu médicinale des plantes. La nature est son royaume. Par ici, il n'y a que Ouahchia, qui pourra lui sauver la jambe. Contre ce genre de plaie, même la médecine moderne ne pourra y arriver. Cette aberration dans la cuisse, vient d'où ?

Mokrane intervint avant que l'oncle ouvre sa bouche :

– D'une faucille !

– Un marabout ? Oui, je comprends.

Le visage de l'infirmière religieuse, devint triste :

– Mon pauvre petit. Ta grand mère est une femme très bien. Je te garantis qu'avec elle tu seras guéri en une semaine. Donne-lui le bonjour de la part de sœur Thérèse et de la sœur Bernadette.

– Je le lui dirais. Merci pour tes soins, ma sœur. Au revoir. Tu donneras le bonjour au divin enfant, comme celui de la chanson de Noël. Dis-lui que j'ai déjà chanté pour lui à Constantine, l'hiver dernier.

– On n'est pas encore à Noël mon fils. Du moins, pas avant six mois.

Sœur Thérèse ne put s'empêcher de rire de l'innocence de ce jeune enfant. Arborant son plus joli sourire, elle lança.

– Au revoir, mes enfants.

– Au revoir ma sœur. Au revoir à vous trois. Merci pour le pansement. Je ne vous oublierai jamais, leur envoya Mokrane.

– Merci à toi aussi, petit bout d'homme. Par les temps qui courent, on oublie vite les bienfaits.

– Oncle Tahar, elle veut dire quoi par là ?

– Tu poses trop de questions. Le soleil est à son maximum, il chauffe plus encore.

L'oncle installa son bâton de berger sur ses épaules et lança son : « Rrrrrr……… » à l'adresse de l'animal qui reprit sa marche avec une lenteur digne de son tempérament.

L'oncle s'adressa ensuite à Mokrane :

– Dis, pour tout à l'heure, tu es un peu trop jeune pour faire rougir une jeune fille. Tu ne trouves pas ?

– Je sais. J'ai appris ça, en voyant faire la mère de ma copine de jeux, Ouarda. Quand un homme plaît à la mère, celle-ci – lui fait un clin d'œil.

– De mieux en mieux. C'est qui Ouarda ? D'abord, elle a quel âge ?

– Une voisine qui a, à peu près, cinq ou six ans. Je joue souvent avec elle. Je fais le docteur, elle la malade. Je la caresse.

– Et sa mère ne dit rien ?

– Oui et non. Mais, un jour j'ai vu une femme voilée entré dans sa chambre. Lorsque la femme a enlevé son voile, j'ai vu que c'était un homme. La mère de Ouarda s'est couchée, le type s'est assis sur elle.

– Et après, que s'est-il passé ?

– Elle poussait des cris. Le monsieur était reparti avec le voile sur le dos. Ouarda m'a demandé de jouer avec elle. J'ai fait pareil que la femme voilée. Enfin, pareil que l'homme. Je l'ai caressé et lui ai demandé de pousser des cris comme sa mère. Sa maman est sortie précipitamment et nous a vus. Elle s'est mise en colère et m'a dit : *« Je t'interdis de jouer comme ça avec ma fille. Je vais te dénoncer à Fatima. »*

Tahar, lui posa une question avec un sourire malicieux, en coin :

– Toi, que lui as-tu répondu ?

– Je lui ai dis, *« Chiche ! »* Si tu le dis à ma mère, moi je dirai à ton mari que *« Tu joues avec le monsieur et tu pousses des cris »*. Elle a eu peur et m'a dit : *« Surtout pas ! D'accord, tu peux continuer à t'amuser avec ma fille. Jure-le moi que tu ne rapporteras pas ce que tu as vu, à mon époux. »*

– Tu as tenu parole, lui demanda son oncle ?

– Bien sûr ! Maman, m'a appris à respecter la parole donnée. Je suis un Kabyle, non ?

– Bravo, mon petit, tu es un vrai de vrai.

– Si je suis un homme pour de vrai, alors tu ne te moqueras plus de moi, si je monte le baudet assis à l'amazone. Tu comprends ? Avec ma hanche je ne peux pas faire ce que je veux.

– Je comprends.

– On va s'arrêter en cours de route, je vais cueillir de l'alfa, qui pousse à la lisière de la forêt.

– Pourquoi, mon oncle ?

– Je vais te confectionner une tamdalat, pour protéger ta tête du soleil.

– Une mdala ? Je ne connais pas.

– C'est un mot kabyle qui signifie « chapeau ».

– Tamdalat, tamdalat, tamdalat. Je le répète pour m'en rappeler.

Oncle Tahar et Mokrane traversèrent les villages d'At-Rached et Ouled Ali. Du plateau surplombant le ravin, ils aperçurent Bouktone, de l'autre côté du versant montagneux. L'oncle assommé par la chaleur, leva à peine son bâton pour montrer les maisons du village. Le citadin-amazone la tête recouverte, avec une espèce de pare-soleil, confectionné à la hâte, n'en menait pas large. La soif le tenaillait. La descente par le chemin muletier, vers le fond du ravin, fut laborieuse pour la blessure et les fesses du jeune enfant. L'assise était de plus en plus douloureuse. Tahar surveillait sans cesse son neveu. Mais, l'ingénieux animal, pressentant le danger, ajustait de lui-même sa marche. Il posait délicatement ses sabots aux endroits les plus sûrs. Remuant ses grandes oreilles, le baudet ne recherchait que les pierres plates. Il donnait l'impression de vouloir se soucier de l'équilibre du jeune cavalier.

Mokrane s'agrippait du mieux qu'il pouvait, à une espèce de boule, collée sur la selle. Tous les trois, l'homme, le garçon et la bête, atteignirent sans encombre le bas. Ils traversèrent la rivière à sec en cette saison. Ils s'arrêtèrent devant une source naturelle.

L'animal alla de lui même boire de son côté. Oncle Tahar demanda à son neveu de ne pas se presser. Il lui expliqua qu'il fallait d'abord éclaircir l'eau en la remuant légèrement avec la main.

Le parent fit le geste à l'attention du garçon. Il pécha une sangsue, qu'il présenta à l'enfant, en lui disant :

– Tu vois ? C'est une sangsue, sa nature est de rechercher le sang des animaux ou des hommes. Elle colle à la peau et est désagréable à enlever. Regarde l'âne, il vient d'en voir une. Il la rejette au loin, en faisant des ronds avec sa tête. Fais comme je te dis. Tu n'as rien à craindre. L'eau est bonne, à condition de boire du côté opposé aux bêtes. Tous les bergers viennent là, faire abreuver leurs troupeaux de moutons ou de chèvres. Tu ne peux pas attraper de maladie.

Mokrane fut comme lui a conseillé Tahar. Il réussit à se mettre à genoux. Il dégagea le dessus de l'eau. Puis, tel un petit chat, il lapa à satiété le bon breuvage. Une fois qu'ils eurent tous étanché leur soif, ils engagèrent leur montée vers le village, tout proche.

En chemin, ils croisèrent des femmes qui descendaient vers la fontaine. L'oncle les salua discrètement. Elles lui répondirent par un signe de tête et sourirent au garçon.

L'enfant fut tout étonné de ne pas les voir voilées. Il hasarda une question :

– Ses femmes ne sont pas habillées comme les femmes de la ville. Leurs robes sont plus jolies, pleines de couleurs. Elles portent quoi sur leur dos ? On dirait une peau de bête.

L'oncle toujours à l'affût d'une question, répondit avec joie :

– Elles portent une outre en peau de bouc. Elles vont à la fontaine pour les remplir d'eau. C'est juste à côté de la source. Tu te rappelles ? On s'était arrêté tout à l'heure.

– C'est quoi en peau de bouc ?

– C'est le mari de la chèvre.

– Tiens, c'est bizarre ! Je ne savais pas que les boucs et les chèvres pouvaient se marier. Est-ce qu'ils ont été mariés par le cheïkh de la mosquée ?

– Non. Tu as de l'imagination, neveu. Tu poses trop de questions. Les animaux ne se marient pas comme nous le faisons. Ils se cherchent, après ils deviennent amis. Ils font ce que tu as vu avec l'homme déguisé en femme et la mère de ta copine Ouarda. Tu es bien curieux et précoce pour ton âge.

Mokrane s'impatientait. Il avait hâte de se dégourdir un peu, il relança son questionnement :

– Dis, mon oncle nous arrivons quand. J'ai envie de marcher. En plus, je souffre.

– Nous sommes presque arrivés. Au virage la-haut, on redescend à gauche sur 400 mètres, jusqu'à la maison de ta grand mère. C'est une très grande bâtisse. Une des plus belles. Elle se trouve à la limite du village. La hauteur du mur qui l'entoure est supérieure à celle de deux hommes, mis l'un sur l'autre. L'épaisseur du mur fait la largeur d'une coudée romaine.

– Tonton, je ne comprends pas la coudée romaine. C'est quoi au juste.

– La coudée romaine est égale à la longueur de l'avant bras d'un homme ou 55 centimètres environ.

Mokrane se rassura de la réponse de son parent. Cependant, il reconnut qu'il avait été très éprouvé physiquement. Assis à l'amazone ou pas, il admit, tout de même, que ses deux jambes pendantes sur le flanc gauche avaient dû énerver le brave baudet. Le jeune cavalier aurait tant voulu entendre l'opinion de l'âne.

En effet si le bourricot avait eu le don de la parole, il aurait pu s'exprimer de la façon suivante : « *Ce jeune citadin avec ses vêtements qui n'ont rien de campagnard, m'emmerde. Il ne sait pas ce qu'il veut. D'abord, prétentieux il s'installe à califourchon sur mon dos. Puis au bout de quelques kilomètres, il prétend qu'il a mal et demande à s'asseoir à l'amazone. Il m'emmerde vraiment... Hi... han... Hi han. Avec ça, il croit me stimuler avec son ridicule accent. Pour un peu, je l'enverrai paître au pied d'un des caroubiers qui poussent le long de la piste. Une ruade et hop... Hi... han... Hi han... Vraiment, un drôle de garçon. Je ne comprends pas sa façon de me chevaucher comme une fille. Je rêve ou quoi ? Je dois faire un cauchemar de baudet éveillé. Vivement l'arrivée à l'étable de la grand mère Ouahchia, où je pourrais me rafraîchir et me restaurer avec une bonne dose d'avoine et d'orge. Cela me remettra d'aplomb. Après, la mémé me lâchera la bride pour me laisser courir la nouvelle ânesse. Celle du voisin Mohand-Amokrane. Je ne peux pas dire qu'avec ce voyage je me sois dégourdi les pieds. Il ne m'a même poussé au moindre petit trop. Vraiment scandaleux ! Á quand une revendication animale ? Pourrons-nous un jour, prétendre à un syndicat animalier ? Où nous pourrions revendiquer : « « Oui, à l'exploitation par un paysan ! » – « Non, à l'exploitation par un citadin ! »*

Naturellement, le portefaix à quatre pattes ne pouvant ni parler, ni se plaindre, s'arrêta, tête baissée. Ses oreilles frôlèrent le coude de la grand-mère. Celle-ci les attendait patiemment, se tenant debout sur le pas de la porte d'entrée. Un grand foulard couvrait sa chevelure poivre et sel. Un autre foulard aussi bariolé lui servait de ceinture. Sa robe était ample et ressemblait à celles des femmes de la fontaine. Ses yeux brillaient d'un éclat intense. Mokrane remarqua la même dureté dans le regard de sa grand-mère que dans celui de sa mère. Il trouva qu'ils se ressemblaient étrangement. Lui qui voulait passer pour un caïd de la ville à la campagne, déchanta à regret. Devant un tel regard il dut se rendre à l'évidence. Mémé Ouahchia n'était pas une femme ordinaire. L'enfant comprit aussi tôt que cette femme devait mener à la baguette, les hommes les plus récalcitrants. Tahar aida le gamin à descendre. Une fois sur la terre ferme, le jeune cavalier, en herbe, eut du mal à ajuster sa marche. Il se tenait la hanche. Les douleurs le relançaient. Il sauta au cou de sa grand-mère maternelle et l'embrassa. Subrepticement, il jeta un regard sur le haut mur, entourant la construction familiale.

– Grand mère, pourquoi un tel mur autour de la maison ?

– C'est pour nous protéger, des voleurs et des loups mon enfant.

– Je n'ai rien à craindre alors ?

– Non. Sauf si tu fais des bêtises ou tu refuses de m'obéir.

– Quoi par exemple ?

– Parfois, la nuit quand il fait trop chaud dans les chambres, on dort à la belle étoile.

– Les loups ne peuvent pas entrer dans la cour ?

– Aucun danger. La hauteur des murs nous protège.

– Si on dort à la belle étoile, que peut-on voir ?

– On aperçoit des milliards d'étoiles dans le ciel. Si tu vois une étoile filante, fais un vœu tout de suite.

– C'est quoi un vœu grand mère ?

– C'est un souhait. Comme une espérance. Tu n'auras qu'à dire : « *Dieu des Kabyles, guéris-moi de mon œil droit et de ma hanche gauche.* »

– Et pour la blessure sur ma cuisse, je dis quoi ?

– Si tu veux, tu pourras dire : « *Dieu des Kabyles, le vœu ne concerne pas ma cuisse. Ma gentille grand mère s'en chargera.* »

– C'est vrai que je peux lui annoncer ça, comme ça ?

– Bien sûr ! C'est un Dieu qui aime voir son peuple s'éduquer, travailler, s'occuper, et se soigner. Notre culture exclut les fainéants. Certains Arabes en sont un exemple.

– Grand mère, je te fais le serment que lorsque je serai plus grand et guéri, je ne serai pas un fainéant.

– Attention ! Tu es un Kabyle. Dans notre culture la parole donnée est sacrée. Ne l'oublie pas !

– Oui, grand mère Ouahchia. Revenons aux étoiles. Que faut-il faire, les admirer, les compter ?

– Sois prudent. Contente-toi de les admirer, pas les compter.

– Cela sert à quoi de regarder le ciel la nuit, si on ne peut pas compter les étoiles.

– Justement, c'est qu'il y en a trop. Il est recommandé de ne pas les compter.

– Pourquoi, je ne comprends pas. Autant dormir dans la chambre, alors.

– C'est que, comment te dire… heu…… Il en existe beaucoup. Tu sais compter jusqu'à des milliards ?

– Non. Mais j'apprendrai plus tard à l'école française.

– Non. Le problème n'est pas là. C'est que l'on raconte que celui qui s'amuse à les compter peut devenir aveugle à force de les fixer. Dans ton état, je ne tiens pas à ce que tu retournes, chez ma fille, plus handicapé que tu ne l'es. Tu ne vois que d'un œil. Prends en grand soin, mon petit.

– Ah, expliqué comme ça, je comprends grand mère. Je te remercie.

– Mon fils, j'irai demain dans la forêt cueillir la plante, qui pourrait cicatriser ta cuisse.

Ceci dit, Mémé Ouahchia héla son autre petit fils Mohand-Chérif :

« Fils de mon fils Omar, peux-tu conduire amerkoub *(l'animal)* à l'étable ? Attention, pas d'eau tout de suite. Il a dû, déjà, en boire ailleurs. Laisse-le se remettre un peu de ses émotions. Transporter à l'amazone ton cousin de la ville ne devait pas l'enchanter. C'est tout de même un animal, qui a vu ses habitudes mises à rude épreuve par un jeune citadin. »

Mohand-Chérif lui répondit sarcastique :

– On va bien s'amuser. Un citadin à la campagne. Il ne va rien comprendre !

– Tais-toi ! Tu as intérêt à bien t'en occuper. Sinon, tu auras à faire à ton père. Mokrane est le fils de Fatima, ta tante. Tu as compris ? Je te le confie. Tu en as la charge sacrée. Ton cousin est très malade et a besoin de soins. Bien que borgne, il pourrait aussi devenir boiteux. As-tu compris, bon à rien ?

– Oui, grand mère. Je suis le plus vieux et m'engage à le protéger.

– J'entends bien !

Puis, elle tourna rapidement sa tête et donna un ordre à sa bru Zouina, d'aller chercher de l'eau à la fontaine.

– Femme de mon fils Omar, veux-tu aller remplir les deux outres ? Nous manquons d'eau.

– D'accord, mais je n'ai que deux bras. Il m'en aurait fallu quatre pour deux outres.

– Pas d'esprit avec moi, femme. Tu demanderas son aide à Mébarka. Il faudra bien qu'elle pense à nous aider de temps à autre. Exécution ! Pas de paresse sous mon toit ! Compris ?

– Oui. Mère de mon homme.

Mébarka était la femme de Mohand-Amokrane, le voisin. Le couple n'avait pas beaucoup de sous, ni de bien. Il survivait grâce aux petits travaux que leur confiait la grand-mère. Le mari aux champs. La femme à la maison ou aux tâches ménagères.

Zouina décrocha les deux sacs, en peau de bouc. Elle vida le peu d'eau, qui restait dans un récipient. La belle-fille sortit claquant l'immense porte de l'enclos. Elle regretta un peu son geste. Elle pensa que la grand-mère avait tout de même des motifs d'excuse. Car la vie ne l'avait guère favorisé.

Ouahchia était de la tribu des Béni-Méni. Elle venait de Téniet-El-Khémis, au dessus de Medjana, fief réputé de la famille El Mokrani. Malgré son âge, la grand-mère gardait encore un certain charme. Elle n'avait rien perdu de sa prestance. Sa voix portait, tel le tonnerre. Son regard émeraude était insoutenable. Aucun homme aussi téméraire soit-il n'osait la défier. L'on disait même qu'elle ne craignait ni les loups, ni les sangliers de la forêt voisine. Elle les regardait et cela suffisait à les faire reculer. Elle avait épousé un charmant jeune homme de Bouktone. Avec qui elle réussit à monter une ferme, dans ce joli coin perdu de Kabylie. C'était une belle vallée prise entre la montagne et la forêt. Fait rarissime pour l'époque, le couple put acquérir deux magnifiques chevaux de trait, pour les labours.

Son jeune mari en assurait l'exploitation. La terre abreuvée par la neige et la pluie était d'une couleur ocre. Elle ne demandait qu'à produire des richesses céréales. Cultivée à cette hauteur, elle donnait un blé d'une grande qualité. Une partie de la récolte était conservée dans de grandes jarres en terre, en cas de sécheresse. L'autre était vendue à la coopérative agricole coloniale.

À la mort de son mari et de son fils aîné, elle dut continuer seule l'exploitation de la ferme. Son fils cadet Omar, fonctionnaire des Postes à Bordj-Bou-Arréridj, agrandit le domaine et le fit fructifier. Il investit de même dans le vignoble et les oliveraies. Il en confia la gestion physique à des techniciens chevronnés, sous le contrôle exclusif de sa mère Ouahchia. Celle-ci lui rendait compte tous les week-ends, lorsqu'il revenait de son emploi.

Grâce à l'exemple de sa grand-mère et les conseils de sa mère, Mokrane apprit ainsi à se battre toute sa vie durant. Malgré toutes les aventures et mésaventures qu'il connaîtra, jamais Mokrane ne faillira au principe de la droiture et de la vertu. Il en subira bien des méchancetés. Devenu boiteux pour de vrai, il affrontera les pires calomnies à son égard.

Les petites gens disaient de lui :

– C'est le boiteux à Fatima qui a fait ça.

– C'est le borgne qui a cassé ça.

– C'est le garnement *« Qui a un œil, qui surveille les frites et l'autre qui verse de l'huile »*, qui est responsable.

Pauvre Mokrane. Rien ne lui fut épargné. Plus les accusations mensongères tombaient sur lui, plus les coups de sa mère renvoyaient l'écho injuste de ses larmes. Il se cachera et pleurera tant et tant de fois. Il tiendra bon, malgré tout !

Après une nuit à la belle étoile, s'il tint compte des conseils de sa grand-mère, cela ne dura que le temps d'une étoile filante. Il se mit à les compter : « un, deux, trois… »

Sa grand mère qui faisait le tour, à l'intérieur de la propriété, l'entendit et s'approcha de sa couche :

– Mokrane, je t'ai déjà dis de ne pas compter les étoiles, cela porte malheur et tu pourrais devenir aveugle pour de bon.

– Non, grand mère. Je te rassure. Je les mémorise dans ma tête et les compte avec l'œil invalide. Comme ça…

– Comment, *« comme ça »*, je ne comprends pas ?

– Je ne ferme que l'œil gauche. Je contourne la difficulté en laissant l'œil droit ouvert. Je fais semblant de compter. Comme ça si une étoile tombe, elle tombera sur le mauvais œil. Ha… ha… ha… Je ne serais borgne que deux fois du même œil…… Ha……… ha……… ha……………

– Tu n'es qu'un sale garnement. Tu n'obéiras donc jamais. Maintenant, fais-moi le plaisir de dormir avec les deux yeux : le bon et le mauvais. Compris ? Sinon, demain je n'irai pas dans la forêt cueillir la plante miraculeuse pour ta cuisse. Je te renverrai comme ça chez ta mère. Tu as compris, fils de ma fille ?

– Oui, grand mère. J'ai compris. Je ne te croyais pas si maligne. Bonsoir !

– Ness, mon petit. *(Ness – dors)*

Le lendemain, Ouahchia partit de bonne heure, juste après sa prière de quatre heures. Elle revint vers le milieu de la matinée avec un sourire radieux. Elle avait trouvé ce qu'elle cherchait. Elle pensa que la guérison de la plaie, de son petit fils, n'était plus qu'une question de jours. Mokrane réveillé par sa tante Zouina, assista à la préparation médicinale. Sa grand-mère écrasa les feuilles de la plante, dans un pilon en bois. Elle en fit une fine poudre verte. Elle rajouta un soupçon d'eau. Elle malaxa le mélange obtenu, en une pâte légèrement compacte.

Fière de son travail, elle montra le remède ancestral à son petit fils :

– Regarde ça, je suis meilleure que les médecins de la ville. Dans moins de quinze jours tu repartiras à Constantine, la plaie cicatrisée. Á moins que ton père décide de t'envoyer chez ce charlatan de Bazouli pour soigner ta hanche.

Le soir, au moment du coucher, la grand-mère humecta un peu la pâte obtenue et la posa comme cataplasme sur la cuisse de son petit fils. Elle répéta l'opération plusieurs jours de suite. Mokrane assista avec stupéfaction à la cicatrisation progressive de son « trou du diable ».

Il réalisa que les soins de sa mémé montagnarde valaient mieux qu'une médecine rebouteuse. Elle était aussi plus efficace que celle des docteurs de la ville.

Puis, le jour vint où le petit garçon de la ville n'eut plus besoin de pansements et des médicaments rapportés de la clinique. Sa blessure béante s'était belle et bien refermée, laissant la place à une profonde cicatrice. Au comble de la joie, Mokrane dit à sa grand-mère :

– Je te remercie mémé. J'espère que le djinn n'est pas près de sortir maintenant. Tu l'as emprisonné pour de bon. Je vais en faire un allié maintenant. Il me défendra contre les méchants.

Arborant un sourire condescendant, elle lui répondit :

– Tu sais mon petit, le Djinn est ce qu'il est. Il est le Mal sur la Terre comme Allah est le Bien. Ils se battent depuis des siècles. Chacun veut avoir raison sur l'autre. C'est leur affaire, je n'y peux rien. Par contre, Ce sont les mauvais hommes à l'esprit étroit qu'il faudrait blâmer. Les bons t'auraient proposé la médecine des Roumis qui n'est pas néfaste du tout. Ton père a dû écouter le mauvais conseil. Là était son erreur. Tout le monde peut se tromper. Mais comprendra-t-il un jour ? Je ne sais. En ce qui concerne le diable il n'est pas plus prisonnier dans ta cuisse que dans la tête de tes rebouteux arabes. Dans la vie, il t'appartiendra, à toi seul, de te défendre contre les méchants. Ce n'est pas au diable de te protéger. Aide-toi, toi même, Allah t'aidera. Sois courageux, fils de ma Fatima.

Un soir, les brûlures et les tortures n'étant plus qu'un souvenir, Mokrane fit une promesse à sa grand-mère :

– Grand mère, je te promets je ne compterai plus les étoiles.

– Non, mon fils, lui répondit-elle, tu peux le faire. Les étoiles ne tombent pas comme ça. Je te disais ça pour t'empêcher de trop veiller. Elles sont très lointaines. Et pourtant, quand tu les vois elles te semblent proches.

– Est-ce que je pourrais les admirer avec mon œil valide ?

– Pauvre nigaud ! Que crois-tu faire en ce moment. Tu es en train de les regarder.

– Hi… hi… Je ne pensais pas que je les regardais.

– Tu sais, dans la vie tu peux n'avoir qu'un œil, un bras ou une jambe et réussir de grandes choses.

– C'est vrai, grand mère ?

– Bien sûr ! Regarde, moi, j'ai été confronté à deux grands malheurs : la mort de mon mari puis celle de mon fils aîné. Pourtant, ces tristes évènements ne m'ont pas empêché d'aller toujours de l'avant. J'ai fait la guerre contre la cupidité des hommes, qui voulaient racheter ma ferme. Je n'ai jamais voulu me remarier. J'ai élevé toute seule, Omar et Fatima. J'ai mené de front le fonctionnement de l'exploitation agricole, à la mort de mon homme chéri. Omar m'a aussi beaucoup aidé. Sa présence les week-ends, de retour de Bordj, me rassurait et maîtrisait les ouvriers de l'exploitation. Je possède les meilleurs vergers du village, ainsi qu'une importante oliveraie, un vignoble conséquent et d'immenses champs de blé. Alors que je ne suis qu'une femme au milieu d'un monde cruel. Ma volonté, mon courage, le respect de ma parole et ma droiture, m'ont aidé à surmonter beaucoup d'obstacles.

Apprends à en faire autant mon fils. Plus tard, quand tu penseras à moi, tu sauras qu'un grain de blé bien semé donne une grande récolte. Va mon fils, dors maintenant. Bonne nuit !

– Bonne nuit Djedda. *(grand-mère)*

Le lendemain, de bonne heure, une triste réalité frappa à la porte d'Ouahchia. C'était l'oncle Rabah. Il venait du village Bouraya, Il avait pour mission d'emmener Mokrane, vers son autre supplice. Le garçon qui avait entendu les coups, tremblait déjà. Bien qu'il ignorâ, qu'il était dispensé de la faucille, ses soucis le consumaient. Il ne savait quel serait son nouveau tourment. Mais confiant en son destin, il contrôla sa frayeur naissante. La résignation submergea son esprit. La grand-mère fut saluée par le parent comme il était de coutume :

– Que le miel du matin agréé ta journée, grand mère Ouahchia à toi aussi Mokrane. Vous devinez ma présence, tous les deux. Je viens pour emmener mon neveu chez Sid El Bazouli, à Sidi-Aïch. Il nous attend à la demande de Larbi.

– Pense aussi à m'en donner de temps en temps de ton miel, que tu gardes jalousement. Je te répondrai, donc, par un simple salut, mari de la sœur de mon gendre. Hélas, je ne le sais que trop ! Tu viens prendre livraison de mon petit « colis » comme prévu ? Ouahchia se mordit les lèvres.

– Oui. Il nous faudrait partir maintenant, avant la chaleur de midi, lui dit l'oncle.

– Pauvre enfant, Je crois deviner son nouveau supplice. Il n'a que cinq ans et aura déjà vécu *« une vie à son échelle »*. Une petite vie cauchemardesque. Mon pauvre petit.

S'adressant à Mokrane, Ouahchia lui dit, les larmes aux yeux :

« Fils de ma fille Fatima, vas te préparer. Tu vas à nouveau être offert en sacrifice à la connerie de la barbarie. Ton oncle Rabah vient pour t'accompagner chez un autre rebouteux. Il est aussi redoutable que les premiers charlatans, qui ont martyrisé ta cuisse. Ton cher père l'a ainsi décidé. Tu pourras le remercier. Ce type s'appelle El Bazouli. Il paraît que c'est un spécialiste des os. »

– Encore ! Je vais subir quoi, maintenant.

– Je ne sais pas mon petit chéri. Tu verras à Sidi-Aïch. C'est là, où tu vas. Tu constateras par toi même. Je ne peux rien te dire de plus rassurant.

– J'ai déjà peur djedda.

– Courage mon fils. Comporte-toi en Kabyle victorieux de son ennemi. Et ton ennemi à toi, tu ne tarderas pas à le connaître. Patiente.

– J'aimerais bien être patient djedda. J'aimerais bien apprendre la patience. Djedda, dis-moi comment ? Á Constantine, des hommes à la djellaba sale et trouée, ont brûlé ma cuisse, y compris le haut de ma hanche. Á Sidi-Aïch que va-t-il m'arriver ? J'ai peur djedda.

– Moi aussi, j'ai connu des malheurs mon petit. Et malgré moi, j'ai appris à vivre avec. Courage fils de ma fille. Prépare-toi à partir.

Le petit-fils fut bien obligé d'admettre cette nouvelle épreuve. L'oncle le rassura un peu. Il lui affirma que ce soigneur sera la chance de sa vie. Ouahchia leur prépara un petit déjeuner. Elle leur donna un grand bol de lait de vache avec « aghroum » *(pain-en kabyle)* à l'huile d'olive et du miel à tartiner. Ce repas matinal terminé, Mokrane et son oncle partirent contraint et forcé vers cet autre mektoub.

XV
Le loup dans la forêt de Sidi-Aïch

Le voyage à travers la montagne et la forêt s'avéra, en passant par la vallée de la Soummam, long et pénible. Il dura trois jours, pour une distance de 40 kilomètres environ. Heureusement que la grand mère avait proposé de faire ce déplacement sur le dos de son mulet, à elle, qui avait une selle plus confortable que celle du baudet. Lorsque les deux voyageurs furent en vue de Sidi-Aïch, lieu de leur destination, il était déjà bien tard. Tout était fermé : les cafés, les gargotes. Même le hammam qui, la nuit, faisait office d'hôtel. Ils ne purent se restaurer à leur faim. Ils se contentèrent du peu de manger qui leur restait depuis leur départ de Bouktone.

Pour dormir, ils se contentèrent d'une simple natte recouverte d'une grosse couverture. Ils s'allongèrent dessus. Mokrane regardant intensément l'immense disque lunaire, se dit avant de sombrer dans un profond sommeil :

« Voilà, une bonne bouille qui cadre bien avec les étoiles, qui l'entourent. »

Fatigué par la chaleur et le brimbalement du mulet, le neveu n'eut même pas le courage de compter ses chères étoiles. Il s'endormit aussitôt. Cependant, dans la nuit, il sentit qu'un animal lui léchait tantôt le visage, tantôt la cicatrice sur la cuisse. Pris de panique, il hurla, repoussant l'animal. Ses cris ameutèrent tous ceux qui dormaient sous le beau clair de lune, comme lui. Une foule d'hommes, y compris l'oncle, se dressa et courra après la bête. Le gamin entendit des voix :

« C'est un loup ! C'est un loup ! »

Oncle Rabah et les autres revinrent bredouilles, quelques minutes après :

– C'était quoi, oncle Rabah ? C'est vrai que c'était un loup ?

– Oui, c'en était un. Tu as de la chance. Il a dû sentir que tu devais souffrir et s'est approché pour te lécher. C'est un bon présage pour toi.

C'est rare qu'un loup puisse s'intéresser à un petit garçon. Il t'a donné son amitié.

– Il aurait pu me manger ?

– Non, pas en cette saison. Il fait chaud. Les loups ont de quoi chasser dans la forêt. C'est juste qu'il t'a choisit. On ne comprend pas. Pourquoi, toi ?

– Justement, ma hanche me refait mal. Il a dû sentir ma souffrance. Quel gentil loup. Je m'en rappellerai toute ma vie.

– Rendors-toi, maintenant. Bonne nuit.

– Bonnnn.........

Le sommeil le gagna aussitôt. Dans son songe, Mokrane, se vit chevauchant un énorme animal. Il s'en rendit vite compte qu'il s'agissait d'un loup, qui fuyait des rebouteux dépenaillés. Il comprit que la horde des honnis enturbannés à « deux pattes » en voulaient à son jeune cavalier.

Chacun, des sinistres poursuivants, brandissait une énorme faucille, chauffée à blanc.

Le loup lança un cri d'appel aussi haut qu'il pouvait. Mokrane ne comprenait pas. Il pensait que son coursier avait peur. Soudain, le jeune cavalier aperçut à l'orée d'une forêt, des dizaines de loups qui attendaient. La meute parée pour l'attaque répondit de même. Les hurlements des autres animaux répondant en écho aux cris de détresse des humains mirent un terme à la poursuite. Mokrane avant de se réveiller, crut un moment voir les marabouts se transformer en larves. Assis sur le dos de son ami canidé, il leva son poing contre la cohorte en guenilles : *« C'est bien fait pour votre gueule. La peur du loup a du bon. Qu'Allah fasse pareil avec vous. Inchallah ! »*

L'aurore mit fin à la nuit étoilée, au cours de laquelle, l'enfant connut ce songe très agréable. Il fut réveillé par une multitude de bruits. Ses oreilles, citadines, en emmagasinèrent un maximum. Le chant des coqs d'un bout à l'autre du village ; le caquètement des poules, avant la ponte ; le braiment des ânes, cherchant le derrière arrondi des ânesses ; l'aboiement des chiens montant la garde ; un chat qui miaule après sa pitance ; les fortes voix des marchands qui vantent leurs produits. Tout ce tintamarre inhabituel assourdit son ouïe.

Il était émerveillé et inquiet à la fois. Mais la peur de se retrouver face à un autre charlatan, l'étreignit à la gorge. Il pensa tendrement à sa chère djedda et se dit :

« Qu'aurait-elle fait dans un cas pareil ? »

Il prit un bout de galette qu'il fit descendre avec un café au lait. Oncle Rabah en fit autant. Celui-ci replia ensuite la natte qu'il chargea sur le mulet. Il dit à Mokrane avec une certaine appréhension :

– Viens, nous allons nous rendre chez El Bazouli.

– Dis mon oncle, que va-t-il me faire ce Bazouli ?

– Je ne sais pas. On verra avec lui.

Le parent et le neveu firent un bon bout de route avant d'atteindre la maison du charlatan des os. Ils frappèrent à la porte. Une petite fille vint leur ouvrir. Elle les fit entrer à l'intérieur d'une large cour. L'enfant regarda alentour. L'enclos, bien qu'il ressemblât à celui de la grand-mère, était très encombré. Toutes sortes d'objets gisaient ça et là.

Un type d'un certain âge les salua. Il leur fit signe de s'installer dans une pièce, située au fond de la cour. Il leur demanda de l'attendre. Le parent s'assit, jambes croisées, sur une natte en alfa.

Mokrane ne pouvant réussir un tel exploit, resta debout. Le maître des lieux revint au bout de quelques minutes. Il constata que la station debout du garçon n'était pas naturelle. Il lui demanda des explications :

– Je vois que tu ne peux ni t'asseoir, ni croiser tes jambes.

– Oui. Il me faut une chaise ou un tabouret.

– Ah, je vois ce que tu as. Ce n'est pas la peine de t'examiner, ici. Je me rendrai vendredi prochain à Ighil-Ali, voir ton père Bouraoui. Je lui dirai que tu fais juste une ankylose du bassin. En conséquence, en vue de te soigner convenablement, il va te falloir m'attendre, soit au village Bouraya, soit à Bouktone. Fais-moi confiance petit, je vais te régler ça en un rien de temps. Tu peux sortir jouer avec ma petite Aldjia que tu as vu tout à l'heure. J'ai à parler à Rabah. »

Mokrane ne savait trop quoi penser. Rester en Kabylie ou non ? Sa mère commençait à lui manquer ainsi que sa copine Ouarda. Deux petites larmes coulèrent sur ses joues. Une chose l'intriguait, cependant, à propos de ses larmes : il n'arrivait pas à admettre que son œil borgne puisse aussi pleurer.

Il sortit dans la cour et vit que la fille Aldjia n'avait rien d'extraordinaire. Sa petite constantinoise était mille fois mieux. Quant à l'agencement de la cour, il lui préféra celui de djedda Ouachia, où tout était en ordre.

Quelques instants après, il vit son oncle sortir, le visage fermé. L'on aurait pensé qu'il était en colère.

– Qu'est-ce qu'il t'arrive mon oncle ?

– Il voudrait que tu habites provisoirement avec moi à Bouraya, pendant les soins. Il est sûr que ton père sera d'accord avec lui.

– Pourquoi pas chez grand mère Ouahchia ? Il paraît que tu es pauvre.

– Oui, c'est vrai. Mais il se trouve que ta grand-mère n'aime pas du tout ce rebouteux. Elle refuserait le voir, te soigner chez elle.

– C'est quoi, un rebouteux ?

– Un mauvais guérisseur si tu veux.

– Ah, je vois. J'ai l'impression que je vais connaître une période encore plus mauvaise qu'à Constantine.

– Peut-être ! On verra.

– Ton mot *« on verra »* ne me rassure guère, mon oncle.

– Prépare-toi, nous repartons. El Bazouli commencera son traitement dans trois à quatre jours, à peu près. Le temps du retour. On va refaire le chemin inverse.

– Tu vas le dire à Djedda ?

– Peut-être !

– Je la connais. Ne lui caches rien. Elle serait capable de te couper le zizi. Elle me dit toujours *« Les hommes ? Ils ont une grande gueule. Moi, je sais comment les faire taire.*

– Dis, comment, tu connais le mot « zizi » ? Ton jeune âge m'intrigue de plus en plus.

– Je l'ai appris en voyant faire la mère de ma copine Ouarda. Un jour, je l'ai vu aussi jouer avec le « zizi » de l'homme voilé qui lui disait : *« Tu aimes mon zizi ».* J'ai posé la question à la femme, après. Elle m'a expliqué. Je n'ai pas osé avec l'homme. Depuis, j'ai compris. C'est tout bête. Ne me prends pas pour ce que je ne suis pas. Parce que je ne peux pas chevaucher un animal comme vous tous ou pour la raison que j'ai cinq ans.

– Bon, bon, ne te fâches pas. Attends, tu n'as pas osé demander à l'homme, pourquoi ?

– Parce que je ne voulais pas qu'il sache que je sais. Je voulais encore apprendre de nouveaux jeux à faire avec ma Ouarda.

– Il ne t'a pas vu, tant mieux.

– Bien sûr. Peut-être qu'il aurait même cherché à me frapper. J'ai assez de mes propres misères physiques. Je ne tenais pas à en subir de nouvelles.

Rabah se tut, en baissant la tête. Il installa son neveu à l'amazone et donna le signal de départ.

Le retour au bercail s'avéra aussi long et fastidieux. Mokrane n'arrêtait pas de maudire en lui-même, l'injustice, qui le poursuivait :

« Ya Rabi, je n'ai que cinq ans. Pourquoi, est-ce que tu permets aux hommes de s'acharner sur moi. Ils invoquent ton nom. Ils soignent en ton nom. Pourtant, tu sais que ce sont des menteurs, des charlatans ! Ne peux-tu te fâcher une bonne fois pour toute et les envoyer tous en Enfer ? En ton

nom, l'homme se permet les pires bassesses. Maman m'a dit que tu as créé l'homme à ton image. C'est vrai ? Moi, je trouve cette « image » plutôt méchante et dégradée. La bête immonde c'est plutôt lui et non le Sheitan ! Allah, aide-moi à supporter la nouvelle épreuve que me prépare ce nouveau marabout. Donne-moi le courage de ma grand mère Ouahchia et la force de caractère de maman. Inchallah ! Je te remercie en mon nom de petit garçon innocent. »

Le voyage dura plus de quatre jours. Rabah devait rendre visite à un de ses cousins, dont la femme était malade. Ce parent habitait une ferme située au milieu d'une ravissante vallée, après les thermes de Ouled Ali. L'habitation faisait l'effet d'être isolée. Or, il n'en était rien. Non loin de là, une grotte naturelle, à vapeur d'eau, générait la venue de dizaines de personnes rhumatismales. Les gens y venaient comme pour un pèlerinage. Chacun invoquait son saint-homme préféré en vue de la guérison. La caverne, d'une surface de quatre mètres carrés environ, était ronde. Le centre était constitué d'un creux rocailleux, fondu à même le sol. Tel un panache de fumée, une vapeur d'eau en sortait, par intermittence, montant jusqu'au plafond d'un vert mousseux. Cet endroit forestier, tracé par la nature, est accessible en empruntant un passage souterrain, passant sous deux énormes pins. Les rhumatismaux, à la recherche d'un bain de vapeur salvateur, venaient en nombre.

Parfois, avec la bénédiction du saint local, ils ne faisaient que visiter la grotte moyennant quelques pièces de monnaie ou de la nourriture. Cependant, seule une personne à la fois, intégralement nue, pouvait y prendre place.

Laquelle se retrouvera ensuite, emmitouflée dans de grosses couvertures, afin de transpirer. Du moins, la plupart croyait que leur pèlerinage en ce lieu béni allait guérir, par la sainte sueur, leurs corps perclus de douleurs. L'entrée était bloquée par une porte rudimentaire, confectionnée avec des branchages.

Naturellement, le cousin de Rabah en tirait un grand bénéfice. Il profitait de ces occasions, pour écouler les produits de son terroir. Mokrane y reviendra plusieurs fois de suite. Il consultera un autre marabout qui lui dira qu'il n'avait rien à craindre des bienfaits de cette grotte. Et le mal dont il souffrait n'était autre qu'une sorte d'arthrite profonde.

C'était la seule période où il était le plus heureux. C'était comme une villégiature pour lui. Priant le saint local, Mokrane se demandait à quel moment le bain de vapeur allait le guérir, en définitive. Alors qu'il souffrait d'une maladie osseuse à la hanche, bien plus compliquée. Par la suite, il s'avèrera pour lui que tout cela était de la fumisterie.

XVI
De retour à Bouraya

– Bouraya en vue, lui dit son oncle.

– Enfin, je vais pouvoir me reposer. Ma hanche me fait mal.

– Tu vas connaître ta tante Louisa, la sœur de ton père.

Mokrane fut gentiment accueilli par sa tante paternelle. C'était la première fois qu'il l'a voyait. Une femme très douce et gentille. La famille qui se composait de deux garçons et d'une fille, dîna frugalement.

Le jeune hôte pensa à ce que sa grand-mère lui disait :

« Tu sais, mon petit, le mari de ta tante Louisa est pauvre. Sois conciliant et ne critiques pas ce qu'ils te donnent à manger. Ils n'ont pas beaucoup d'argent. C'est ton père qui leur en donne, de temps à autre. Si un jour tu vas chez eux, ne sois pas aussi exigeant envers eux, comme tu l'es avec moi. De toute façon, si le hasard t'emmenait dans leur modeste maison, fais appel à mes services. Je serai aussitôt à tes côtés, physiquement et financièrement. Tu peux me faire parvenir un message par n'importe qui de passage dans le village. Tout le monde sait où me joindre. Ce n'est pas les quinze ou vingt kilomètres, aller et retour, qui m'empêcheront de venir te voir. En plus, j'aime la marche, fils de ma Fatima chérie. »

Le repas terminé, il fut étonné de voir le lit que sa tante lui présenta pour dormir. C'était une espèce de nacelle suspendue à 50 centimètres du sol, au moins. Le cordon tissé en alfa, en assurait la suspension. Il était attaché à une poutre en chêne, soutenant le plafond d'un bout à l'autre de la pièce.

– C'est un lit bizarre, ma tante. Je dois dormir là dedans ?

– Bien sûr, pour ta protection. Tu vois, il peut servir aussi de balançoire.

Elle poussa un peu le lit-nacelle, pour lui montrer le mouvement, en lui précisant que cela pouvait servir de lit pour un bébé, en ajoutant :

– Vu ton jeune âge.

– Pourquoi ? Je dois craindre quelque chose ?

– La nuit est propice à la sortie des scorpions ou des serpents. Je ne veux prendre aucun risque.

– Et vous ?

– Ce n'est pas pareil. Nous, les gens de la montagne on a le sommeil léger. Nous sommes habitués à ce genre de situations. Tu es encore petit et ton sommeil est bien trop lourd pour percevoir ce genre de danger.

– Ah, bon, je vois.

– Bonne nuit, fils de mon frère Larbi.

– Bonne nuit, tante Louisa.

Il dormit profondément. Il rêva qu'il volait tel un oiseau, cherchant à fuir les dangers. Un scorpion de la taille d'un âne voulait le piquer. Il réussit à faire peur à une vipère qui n'arrivait pas à le fixer dans les yeux. Pour cause, il comprit qu'elle ne pouvait l'hypnotiser, pour l'attaquer, du fait qu'il n'avait qu'un œil valide.

Le matin venu, il se tata timidement les pieds et conclut qu'il avait tout de même échappé au danger de la morsure. Puis, il réalisa que ce ne fut qu'un rêve. Un cauchemar de plus. Il se remémora Sidi-Aïch : la langue du loup, la petite fille boutonneuse et les différents bruits matinaux. D'autre part pour accentuer ses émotions, sa tante le fait coucher dans un lit anti-bestioles rampantes. C'en était trop pour son cœur. Dire qu'El Bazouli n'allait pas tarder à se présenter : *« Si cela n'était-il qu'un rêve, pensa-t-il ? »*

Il se pinça la cuisse valide. Le geste lui fit constater qu'il était bel et bien éveillé. Il se dit :

« Qu'Allah me vienne en aide ! Après tout, je suis un Kabyle, fils d'une Kabyle. Je ne vais pas me laisser abattre. »

Mettant un terme à ses réflexions, il descendit de son lit-perchoir. Il aperçut sa tante accroupie à l'entrée de l'étable, qui jouxte la chambre à coucher. La maîtresse de maison avait les mains sous une brebis. Le jeune, ignorant tout de la campagne, vit que sa parente tirait allègrement sur des proéminences rosâtres. Un liquide blanc en sortait. Il tombait par rasades régulières, finissant sa course dans un récipient :

– Tu fais quoi ma tante à tirer comme ça, sur ces *« choses »* là.

– Ce ne sont pas des *« choses »,* mon neveu. Ce sont des mamelles de brebis. Je tire dessus, pour traire le lait de ton petit déjeuner. Il n'y a pas mieux. Nous sommes pauvres, mais le lait de notre brebis est aussi bon que celui de la vache de ta grand mère Ouahchia. Nous aussi, nous savons recevoir.

– Dis ma tante, c'est quoi des mamelles ?

– C'est l'équivalent des seins chez la femme, pour allaiter les nouveaux nés.

– Et moi, je peux téter tes seins.

– Tu plaisantes ! Il ne te manquerait plus que ça. Tu as dépassé l'âge. Après ce que ton oncle m'a raconté sur le *« zizi »*. Je me méfie de toi, malgré ton apparente innocence. Tu es un coquin. Tu connais déjà beaucoup de choses sur la femme. Ta mère ne te surveille donc jamais ?

– Si. Elle me surveille. Mais, elle ignore tout ce que j'ai appris, grâce à la voisine.

Ayant trait suffisamment de lait, Louisa présenta à son neveu une écuelle pleine, du précieux liquide. Le neveu prit le gobelet à deux mains et le porta aux lèvres. Il ne réalisait pas qu'il venait d'avaler un peu des maigres revenus financiers du foyer. Sa tante fera moins de fromage liquéfié. Son mari n'aurait donc rien à vendre dans les souks de Boni ou Ferracha.

Parfois, Rabah assurait ses ventes le samedi matin, à Ighil-Ali. Où il pouvait solliciter quelques subsides de son beau-frère Larbi. Il revenait, chez lui, la besace garnie de quelques billets. Il disait à sa femme :

« Tiens mère de mes enfants, de la part de ton frère, Larbi ».

Le lait avalé, Mokrane s'enquit à nouveau d'un renseignement :

– Ma tante, tu ne fais pas bouillir le lait comme le fait maman à Constantine ?

– Non. On ne fait pas ça, par ici. Sauf, si le lait est conservé quelques heures de plus. Nous vivons en symbiose avec la nature. Tout ce que nous mangeons et buvons est garanti. Nous consommons aussitôt nos produits. Tu n'as rien à craindre.

– Hummm… C'est vraiment bon, ma tante. C'est encore chaud.

– Tiens, prends un peu de miel à la cuillère. Il vient des ruches que mon homme exploite pour le compte de ton père. L'argent récolté nous permet de vivre.

– C'est quoi une ruche ma tante ?

– Une ruche ? C'est la maison des abeilles. Elles vont dans la forêt butiner les fleurs des sapins ou d'autres fleurs sauvages et réintègrent après leur ruche, pour fabriquer du miel. Pour ta gouverne c'est le meilleur miel de toute la région. D'ailleurs, on en envoie régulièrement à ta mère à Constantine.

– Ah, c'est ce miel là ! Je sais, maintenant, Ma mère le vend et garde l'argent pour elle.

– Ta mère ? Je ne la connais que trop. Tout n'est que bénéfice pour son porte-monnaie.

Soudain, un bruit sourd à la porte. Oncle Rabah, étant parti à Bouktone avertir Ouahchia, ce fut Louisa qui répondit :

– Menhou Katchini *(qui es-tu ? en kabyle)*

– El Bazouli, je viens pour le garçon. Rabah est là ?

– Il ne va pas tarder à revenir. Attends-le à l'accueil de la Djemaâ. Tu le verras passer au retour.

– Tanemmirt at-mettout *(Merci femme)*

Á l'annonce brutale du nom, que son jeune esprit avait déjà maudit, Mokrane eut froid dans le dos. Pourtant, le soleil chauffait à plus de 35° à l'ombre. Il maudira toute sa vie, le nom de ce charlatan. Il saura, bien plus tard, par Fatima, sa mère, que son tortionnaire était mort tragiquement. Il se rappellera avoir répondu à sa mère :

« La Justice d'Allah a fini par le rattraper. Il a torturé tant d'innocents par la pratique de sa médecine cruelle. »

Mokrane souhaita, une seconde, mourir pour fuir l'instant de cette autre souffrance. Le rocher « Tachira » surplombant le ravin, se trouvait à peine à 50 mètres de la maison de son oncle. Il lui suffisait de traverser le petit jardin potager-fruitier et les figuiers de Barbarie. Après, c'était le plongeon dans le vide. La peur de subir une nouvelle expérience, de torture physique, le tenaillait.

Mais il se retint de commettre l'irréparable. Il pensa profondément à sa mère et à sa chère djedda. Des femmes de courage et de volonté. Ce qui le retint aussi, ce fut les jeux innocents avec sa copine Ouarda. Il avait hâte de la revoir pour la caresser. Aussi éclata-t-il en sanglots. Il se réfugia dans les bras de sa tante.

Puis, quelques minutes plus tard, il vit entrer les deux hommes. El Bazouli avait le visage émacié, avec une barbe taillée en pointe. Le guérisseur ordonna à Mokrane de s'asseoir, dos au mur, du mieux qu'il pouvait.

Tremblant et suant toute sa peur, le petit s'exécuta et s'assit sur le sol nu. Alors, le soigneur à « quatre sous » expliqua doctement, à Rabah et Louisa ce qu'il devait faire pour supprimer l'ankylose de la hanche gauche. Puis avec un air détaché, il intima l'ordre à l'enfant de s'asseoir :

– Plies ton genou droit et fais le parvenir jusqu'à hauteur de ta poitrine.

– Comme ça ? Le garçon fit le geste conseillé.

– Ouais, ne bouge plus. Fais pareil avec ton genou gauche. Si tu ne peux le plier, relève-le un peu. Je te promets que je vais faire en sorte de lui redonner sa souplesse d'antan.

Le rebouteux recula sur trois mètres. Il psalmodia une courte prière sibylline. Ensuite, il plongea avec force, ses bras tendus en avant. On aurait dit un joueur colossal de foot américain fonçant sur un ballon perdu, par l'équipe adverse. Mokrane reçut en pleine figure la tête du bonhomme, qui heureusement, portait un haut turban jaune. Cet espèce de bout filtre, amortit le choc. Sinon, la minuscule poitrine du courageux garçon aurait éclaté. Les mains jointes de l'affreux se portèrent avec une forte énergie sur le genou gauche de l'enfant. Ce dernier criait, sans relâche. Toute la douleur de son corps se lisait sur son visage déformé. Les craquements des os de son bassin s'entendaient et se mêlaient aux aboiements de Mejtouh, le chien de la famille. Heureusement que l'animal était attaché. Autrement, il aurait été capable de transformer le sinistre visiteur en os à ronger.

L'ire de l'animal était à son paroxysme, tirant avec force sur la chaîne. Les hurlements du petit citadin remplissaient tout le village, qui délégua quelques personnes pour venir en aide au jeune supplicié. L'intervention villageoise se solda par un échec. Le rebouteux répétera le même geste féroce, moult fois. Mokrane sitôt évanoui, se retrouvait aussitôt réveillé par l'application de quelques gifles. El Bazouli donnait l'impression de ne pas vouloir perdre son temps. Il voulait aller vite. L'exercice de sa science l'attendait ailleurs. Pour le malheur du jeune patient, si le genou pliait, c'était le coccyx qui trinquait. L'oncle et la tante étaient atterrés. Ils ne savaient plus quoi faire. Pour eux, le « Sidi » était un savant. Donc, ils devaient se taire et regarder.

L'état de leur neveu n'en menait pas large, craignant par ailleurs la réaction de la grand-mère. Á la longue les plongeons répétitifs, au lieu de soigner, provoquèrent un désastre médical. Le col et la tête du fémur se déplacèrent en un mouvement vertical, jusqu'à atteindre le haut du sacrum.

Mokrane restera végétatif pendant plus d'un mois. On l'avait allongé sur le lit-balançoire. Toutes les femmes et filles du village qui le visitèrent régulièrement ne purent lui rendre le sourire. Grand mère Ouahchia, ne décolérait pas.

Elle maugréait toute sa rancœur contre la barbarie du « Bazouli » et le laxisme de l'oncle et de la tante. Elle rendait visite tous les jours à son petit fils. Elle en assurait de même la subsistance. Mokrane reprit des forces. Il se remit à remarcher un peu. Il s'aidait en cela d'un bâton de berger. Tous les matins il se postait sur le rocher « Tachira », guettant l'arrivée de sa djedda chérie. Dès qu'il la voyait sur la piste au bas du ravin, il poussait de grands cris pour se faire entendre. Elle le saluait par de grands signes de la main. Elle le gâtait au delà de tout ce qu'il pouvait espérer. Car, elle aimait particulièrement le courage et la ténacité dans le malheur, de son petit Mokrane. Ce dernier se mit à marcher bizarrement. La grand-mère était attristée de le voir se déplacer de cette façon, gardant ses pensées, elle se répétait inlassablement :

« Que faire pour l'aider à marcher correctement. Voilà que par la faute de ce fou, mon petit fils chéri a perdu sa marche normale. Il penche de dix

centimètres d'un côté et les rattrape de l'autre. Je me demande si sa tête ne lui fait pas mal, des fois. Je lui poserai la question le moment venu. »

Comme d'habitude, Ouahchia salua la maisonnée. Elle offrit des petits cadeaux à chacun et aborda le problème avec le petit de sa fille :

– Dis, Mokrane la façon dont tu marches ne te donnes pas des maux de tête ?

Le garçon, intrigué, lui répondit :

– Non. Pourquoi cette question grand-mère ?

– Parce que tu demandes beaucoup à ta tête. Tu l'as fait trop bouger. Les mouvements de pose de tes jambes, une fois à droite, une fois à gauche, l'a secoue sans arrêt. Tu ne trouves pas ?

Après, un pesant silence le petit fils consentit à répondre :

– Ne t'inquiète pas grand mère. Je n'y pense plus du tout. Ma petite tête est assez pleine comme ça. Les maux de ma hanche me suffisent. Il n'est pas dans mon intérêt de me rajouter un mal supplémentaire. Je marche et j'oublie. Je ne peux faire mieux.

La réponse du petit fils étonna l'aïeule :

– Je suis fière de toi, mon garçon. Tu raisonnes mieux que ce fou d'El Bazouli. Si ses soins t'ont achevé, ta petite tête est bien sur tes épaules. Allah, le punira un jour. Inchallah !

– Inchallah ! Grand-mère.

L'écho résonna comme un appel à l'unisson : « ***Punir tous les incapables de la Terre, animés par l'ignorance !*** »

XVII
Il se fait arracher une molaire

Ce dégât dû, encore une fois, à l'ignorance, sera constaté par les médecins qui examineront Mokrane à Constantine. L'un d'eux ira même jusqu'à crier au « miracle » et dire lors du diagnostic :

« Nous ne comprenons pas, par quel miracle votre fils n'a pas eu le bassin osseux éclaté en mille morceaux. Pour nous, c'est vraiment un cas pour la médecine. Malheureusement, votre fils restera boiteux. Certes qu'il est jeune. Il va grandir. Mais le bassin gauche a remonté d'au moins 10 centimètres. Il a reculé jusqu'au sacrum. Ce qui ne pourra provoquer à l'identique la croissance des deux membres inférieurs. Le traumatisme gauche reste sans appel. Certes bien que le membre traumatisé croîtra normalement, jamais il ne pourra compenser la différence manquante par rapport à la pousse normale du membre valide. »

Un des spécialistes Roumi, remarquant l'incompréhension de son langage médical par les parents de Mokrane, se reprit et leur présenta une explication plus perméable :

« Veuillez excuser mon langage trop technique. En clair, je veux dire que votre fils ne pourra pas poser de sitôt ses deux pieds en même temps sur le sol. Le déséquilibre du bassin de la hanche gauche est trop important par rapport à la position du bassin droit, joignant le geste à la parole, le médecin indiqua avec ses deux mains l'écart traumatique subit au niveau bas du rachis. Il ajouta, regardez la position de ma main gauche qui est plus haute par rapport à la position de la main droite, qui est un peu plus basse. C'est ce dont souffre Mokrane en ce moment. En somme, la colonne vertébrale de votre garçon finira par épouser la forme que lui aura donnée le bourreau de Kabylie. Il vivra avec cela s'il ne développe pas une scoliose. Ce qui veut dire que Mokrane pourra aussi développer une courbure dorsale ou un dos voûté si vous voulez. D'autre part, la peau du bassin de votre garçon a bien résisté. La boule ronde que vous voyez là

à fleur de peau, est le haut du col du fémur. L'os se serait déplacé autrement, il aurait pu perforer la peau et ressortir par le nombril ou le bas du ventre. Votre fils a eu là beaucoup de chance. Je me répète. Non, plutôt un miracle ! »

Un autre spécialiste soucieux de justice évoqua une éventuelle plainte, posant la question au père :

– Avez-vous déposé une plainte contre ce tortionnaire. Il mérite la prison.

Avec sa désinvolture habituelle qui le caractérise, Bouraoui lui répondit :

– Pourquoi ? Allah s'en chargera. J'ai fait confiance à un ami. Seul Allah le Miséricordieux, peut juger ses créatures. Moi, je ne le puis.

Mokrane n'était pas encore arrivé au bout de ses peines. Pendant ce même séjour en Kabylie, il fit une terrible rage de dent. Une des molaires de sa mâchoire inférieure droite s'infecta. Où trouver un dentiste à plus cinq cents mètres d'altitude et à plus de cinquante kilomètres à la ronde ? Aussi, aux « grands maux les grands remèdes ». Rabah s'arma d'une vieille tenaille rouillée. Il arracha la molaire infectée. Ce qui provoqua, deux jours après, une seconde infection. L'oncle était pris de panique.

Il ne savait comment agir ni réagir. La tante Louisa, lui conseilla d'envoyer tout de suite un émissaire à la grand-mère. Car elle seule, s'avérait être capable de soigner ce genre de mal.

Afin de gagner du temps, Rabah se posta sur le rocher « Tachira ». De là, joignant ses mains en porte voix, il appela les gens de la vallée. Il leur demanda d'aller tout de suite quérir la mémé Ouahchia, pour son petit fils ; qu'il y avait urgence, pour un terrible mal de dent.

Il ne se passa pas plus de deux heures que djedda *(grand-mère)* était déjà là. Elle avait ce qu'il fallait sur elle, en ingrédients miraculeux. Elle procéda de suite aux soins, afin de colmater les infections cumulées. Elle confectionna un cataplasme à base d'herbes, sous forme de poudre. Elle donna ordre de faire transférer immédiatement son petit fils à Bouktone où elle serait en mesure de mieux le surveiller.

Le transport à dos d'âne pour le retour, dans la famille maternelle, ne fut guère commode. Mokrane ne pouvant s'asseoir, on lui aménagea une civière sur le dos de l'animal. Il arriva, ainsi, sans encombre à Bouktone.

De là, par l'intermédiaire d'un taxi de piste, Ouahchia fit parvenir un message à son fils Omar, à la Poste de Bordj. Le fils, dès qu'il reçut le message maternel, téléphona au garage Francini à Constantine, d'où l'on pouvait joindre Larbi.

L'enfant allait de mal en pis. En plus de nouvelles douleurs à sa hanche, l'infection dentaire gagnait le maxillaire inférieur droit.

Le retour sanitaire vers la grande ville fut organisé dans la journée même. Le déplacement se fit dans de bonnes conditions en taxi. Une dame en blanc, que Mokrane ne connaissait pas, était du voyage jusqu'à Constantine.

Fatima qui attendait de prendre le relais accompagna aussitôt son fils chez le docteur Narboni, dentiste, rue Caraman, qui procéda aux mesures d'urgence. Le praticien loua honorablement les premiers soins dentaires, prodigués par la mémé. La maman, elle même, une des patientes de ce cabinet, accueilli avec plaisir le compliment :

– Madame Bouraoui, vous pourriez remercier votre mère. Heureusement qu'elle était présente. Avec la chaleur qu'il doit faire en Kabylie, votre fils aurait pu contracter la gangrène. Quelle idée d'arracher une dent, avec une tenaille rouillée ! D'autre part, il m'a été rapporté que Mokrane a été aussi soigné par sa grand-mère. Elle a réussi aussi à faire cicatriser une sale plaie sur la cuisse de votre garçon, là où la médecine a échoué. Chapeau de ma part !

Fatima le remercia par un chaleureux sourire et lui demanda d'emblée :

– Comment êtes-vous au courant de tout ça, docteur ?

Ce dernier lui répondit malicieusement :

– Mais chère madame, par le garage Francini, pardi. Et par les médecins qui garent leurs voitures là-bas. Votre mari m'en a parlé aussi. A propos, vous saviez que votre époux se servait de ses dents pour déboucher les canettes de limonade ? C'est vraiment incroyable. De toute façon, je vous rassure sur le cas de Mokrane. Ses dents disposent d'une très bonne ossature. L'infection qu'il a eue en Kabylie était dû à un manque d'hygiène.

Inspirant fortement, la mère apporta une autre précision au dentiste :

– Les dents de mon mari ? Il y a mieux. Un de ses cousins peut soulever un sac de blé de plus de cent kilos, rien qu'avec sa mâchoire.

Fatima remarqua de l'admiration dans les yeux du dentiste. Elle se dit :

« Que doit penser, le docteur Narboni ? Peut-être doit-il se dire « Heureusement que la nature n'a pas doté tous mes patients d'une bonne dentition. Sinon, mon cabinet aurait souffert ou fait faillite ».

Coupant court à sa réflexion, la maman enregistra la recommandation du praticien. Accompagné par Mokrane, elle se rendit à la pharmacie « Abbas Ferhat » où elle acheta les médicaments énumérés sur l'ordonnance.

XVIII
Alité sur une échelle, sa sœur Houria le console

Une courte période après, Mokrane se retrouva partiellement paralysé. La cause en fut sa hanche. Larbi réfuta les avis les plus sensés, aussi bien amicaux que médicaux. Le père ne voulait entendre prononcer les mots, « hôpital » ou « clinique ». Où son fils aurait pu être soigné et guéri. Pourtant, le mal n'était pas si dramatique que cela.

Mais l'obstination paternelle était la plus forte. Le paternel restait ferme, tel un roc inébranlable. Il ne voulait écouter aucun conseil. Mokrane fut, donc, obligé de rester allongé dans la seule pièce disponible. Celle là même, que toute la famille partageait, pour y manger et dormir. Malgré l'exiguïté, la chambre était plus longue que large, faisant à peine deux mètres et demi, dans ce sens là. Le père installa son fils sur un matelas. Il attacha solidement la couche à une échelle posée sur deux tréteaux. Il fit de sorte que l'ensemble soit orienté, dans le sens de la longueur. Larbi, bricoleur consciencieux, aménagea même un orifice, en dessous de la literie, pour les besoins naturels du fils handicapé.

Le garçon passait ses journées et ses nuits, ainsi allongé. C'était Houria, l'aînée des sœurs, qui s'occupait de lui. Elle lui assurait le boire et le manger. Quand il avait une certaine envie, la dévouée fille venait placer le pot de chambre sous le matelas. L'alitement de Mokrane dura pratiquement trois ans, avec tous les inconvénients y afférents. C'était la croix et la bannière pour Houria ou la mère lorsqu'il leur fallait faire la toilette ou changer les draps du jeune grabataire.

Ce fut un des pires calvaires qu'il eut à subir. Il endurait un tourment psychologique insoutenable. Surtout au moment où les méchants garnements venaient le narguer, dans sa literie douillette. Les enfants profitaient de l'absence de Fatima ou de Houria, pour venir harceler l'objet de la « grabatisation ». Les gosses se positionnaient au dessus de la tête du paralytique et lui assénaient les mots les plus vexants. Les insultes pleuvaient, ravageurs :

– Oh, le chieur couché.

– Oh, le boiteux possédé par le Djinn.

– Tu vas te lever quand ? Pour qu'on te casse la gueule !

Le malheureux avait finit par devenir la risée « fécale ». Il rageait de ne pouvoir se défendre. Il n'arrivait même plus à trouver les larmes salvatrices, pour pleurer sur son sort. Il se disait que ces tortures verbales étaient encore pires que les souffrances physiques subies. Il n'osait répondre aux sarcasmes enfantins, de peur de recevoir un mauvais coup. Sa position allongée ne lui permettait aucune riposte. Il leur disait, simplement :

– Attendez que je sois guéri. On n'en reparlera. Laissez-moi tranquille. Vous n'êtes que des lâches. Allah vous punira, inchallah !

Les morveux repartaient en riant, le laissant seul avec sa misère. Pas une seule fois, il ne revit sa petite Ouarda. Il sut par sa sœur que sa chère petite « infirmière » l'avait oublié. Elle l'avait remplacé par Makhlouf, le voisin du premier. La petite garce préférait sentir maintenant les caresses d'un « docteur non boiteux ». Dès l'annonce de cette nouvelle, Mokrane pleura pour de bon. Houria s'assit à son chevet et le consola :

– Tu sais, petit frère, dans la vie tu en verras d'autre. La femme ne fonctionne pas comme un homme. Tu auras encore beaucoup à souffrir. Là, ce sera ton cœur qui prendra des coups et saignera de chagrin. Ce sera autre chose que les blessures à la faucille ou la barbarie de Sidi Aïch. Le mal prendra l'apparence d'une autre nature. La blessure occasionnée là, Houria montra son cœur, mettra du temps à se cicatriser. Tu apprendras à faire face à la réaction féminine. Le pus de ta blessure à la cuisse ne sera rien à côté de l'amertume, que te fera goûter une femme.

Mokrane retenant ses sanglots, fit comprendre à sa sœur qu'il ne comprenait pas ce qu'elle lui disait :

– Dis-moi, Houria c'est quoi *« goûter à l'amertume d'une femme ? »*

– Il reste dans ta bouche comme un goût amer. C'est-à-dire, tu rencontres une fille, tu la fréquentes. Puis, un jour elle te quitte pour quelqu'un d'autre.

– Je ne comprends toujours pas. Et quel est le rapport avec le pus ?

– C'est simple. Tu as rencontré Ouarda. Elle te plaisait, tu as joué au docteur avec elle. Puis, tu es tombé malade. Ne te voyant plus, Ouarda est allée chercher les caresses de Makhlouf. Tu me suis ?

– Oui. Mais attends comment sais-tu que je la caressais ? Je t'en ai jamais parlé.

– Ne t'inquiète pas pour ça. Cela fait partie des mystères de la femme. Je t'expliquerai plus tard. Je reviens à l'amertume. Á partir de là, la tristesse envahit ton cœur. Au fond de toi-même, tu ressentiras une profonde douleur. Tu te retrouveras, donc, devant un cas très bizarre : amoureux ton cœur s'enflamme. Comme s'il prenait feu, sans brûler ta chair. Ton amoureuse t'abandonne, ton cœur se met à se consumer, comme s'il te brûlait. On ne sait pas pourquoi. Alors que ta flamme d'amour t'a délaissé. Dans ton cas s'agissant de Ouarda, tu t'es mis à pleurer. Comme tu n'auras aucun retour de ta petite copine, tu auras la bouche pâteuse quelques jours. Ne t'en fais pas, le temps arrange tous les problèmes de la vie.

Quant au pus, fais comme le ferait une blessure mal soignée, qui expulserait ce liquide jaunâtre appelé « pus ». Fais pareil avec Ouarda. Libère ton cœur de cette fille. Expulse-là de tes pensées ! Tu te sentiras mieux, après.

Tout à l'écoute de sa frangine, Mokrane cessa de pleurer. Houria ajouta :

– J'essaye de te faire comprendre que la femme ne vaut pas les pleurs d'un gars aussi courageux que toi. Tu es si jeune et tu as déjà prouvé que tu es un homme. Ton expérience pourra être rapprochée de celle d'un soldat qui aura fait la guerre. Pas aussi comparable, certes. Mais tu as souffert quand même. Á l'avenir, n'accorde pas trop ta confiance à une femme.

– Là, je commence à saisir un peu. Tu me rassures. Je suis content de toi. Tu parles comme une fille qui va à l'école. Pourtant, tu n'y vas pas ?

– Je n'ai pas le droit. On habite un quartier qui ne tolère pas que les filles aillent à l'école.

– Pourquoi ?

– C'est un quartier où nous sommes entourés d'Arabes et de descendants Turcs. Chez ces gens là, la femme instruite est mal considérée.

– Maman, aurait bien voulu te laisser y aller. Je le sais.

– C'est le père Larbi qui ne veut pas. Il ne pense et ne voit que par les indigènes-arabes.

– Je ne comprends pas. Pourtant, il est Kabyle.

– Je sais. Mais notre père fonctionne comme ça. Regarde ce que tu as enduré et ce que tu endures encore.

J'aurai voulu être poétesse et écrire nos chants kabyles. J'adore. Que veux-tu, je fais avec. Je te jure que moi aussi je souffre pour nous deux, toi et moi.

– Alors nous sommes des malheureux par la faute de nos chers voisins.

– Oui, petit frère. On peut expliquer le problème de cette façon aussi.

Houria détourna sa tête et se mit à pleurer à son tour, ce fut le frère qui entreprit de la rassurer à son tour. Il l'attira fortement à lui, l'entourant de ses bras.

– Donnons-nous du courage. Arrête de pleurer grande sœur.

– Oui, tu as raison.

Mokrane, adulte, pensera très souvent à Houria qui mourut tragiquement, dans les années soixante dix, d'une hémorragie interne, des suites d'un banal accouchement à domicile. Elle était enceinte. Transportée à l'hôpital, dans l'Oranie. Elle décédera dans l'ambulance.

La sage-femme qui procéda à l'accouchement n'était pas à la hauteur. La sœur eut des jumeaux : un garçon et une fille.

L'accoucheuse inexpérimentée avait tout bonnement omis de sortir le troisième bébé. Interrogée par la famille, la gynécologue domestique avouera qu'elle ne pouvait être responsable de ce décès ; que Houria était morte par la faute du « mektoub » ; que le « mektoub » avait rappelée la maman ; que le troisième enfant, oublié dans le sein maternel, ne devait pas vivre. En guise de conclusion, c'était la faute au « mektoub » !

Mokrane en éprouvera un grand chagrin. Il comparera son état, de son passé à lui, à celui de la malheureuse défunte. Sa première pensée de révolté sera :

« Hélas ! Encore des fadaises. Hier, pour moi, c'était l'obscurantisme véhiculé par le mektoub. De nos jours l'irresponsabilité s'appelle toujours « mektoub ». En somme, l'antan et l'à présent ont été frappés par le mal de l'immobilisme. Maladie contre laquelle aucun remède n'existe ! Comme si le véhicule du destin était tombé en panne !

Houria était une fille formidable, belle et intelligente. Un vrai cordon bleu. Elle cuisinait avec beaucoup de finesse, y compris les pâtisseries orientales. Toutes les filles de son âge la jalousaient. Mariée et divorcée deux fois de son cousin germain Hammou, elle connaîtra les pires humiliations. Elle aura deux filles avec lui : Salima et Rachida. D'adorables petites filles, qui elles aussi subiront le plus atroce des sorts. Houria les confiera à Fatima, leur grand-mère.

XIX
Bouraoui et sa « Rossinante mécanique »

Les trois ans de purgatoire sur une échelle s'écoulèrent pour Mokrane, telle une minute. Il eut une furieuse envie de se lever et de remarcher. Il sentait des picotements au niveau de son bassin. Il mit sa sœur aînée dans la confidence. Elle l'encouragea spontanément, en lui disant :

– Je voudrais bien. Tu seras mieux avec des béquilles. Tu apprendras vite à les manipuler une par une. Elles te seront aussi d'un grand secours, pour te défendre contre les mesquineries de la rue.

Houria en parla à sa mère, qui à son tour rapporta la bonne nouvelle à son mari. Mis au courant, le père ne trouva pas mieux que de se gratter le visage. Il signifia son acquiescement par un dodelinement de sa tête. Mais il ne s'empêcha pas d'ajouter :

– D'accord, si quelqu'un le pousse et le fasse tomber ?

Fatima l'aurait bouffé, après une telle déclaration paternelle :

– Ce n'est que maintenant que tu te soucies de ton fils ? Tu es complètement à côté des roues de ton car, mon pauvre homme. Fais-attention qu'il ne roule pas sur toi, quand tu fais de la mécanique en dessous !

– Je ne voulais pas dire ça………, L'époux était tout penaud.

La mère décida pour lui :

– La pharmacie Ferhat saura comment obtenir, une paire de béquilles à la taille de Mokrane.

– D'accord !

Le père partit, dos voûté, comme à son habitude. Il traversa la rue Perrégaux, et remonta la rue du 3ème Zouaves. Il déboucha sur la rue Georges Clemenceau. Il entra dans l'officine du pharmacien, où il commanda les béquilles. Il descendit, ensuite, la même rue, jusqu'au garage Francini. Il salua au passage son garagiste qui lui demanda des nouvelles du petit. Larbi, lui répondit que Mokrane allait bien et qu'il avait exprimé son désir de remarcher.

– En voilà, une bonne nouvelle cher monsieur Bouraoui. Lorsque votre fils arrivera à bien se déplacer avec ses béquilles, n'oubliez pas de me l'envoyer.

– Comptez sur moi, cher monsieur. Là, je vais sortir le car. Nous sommes jeudi. Je dois préparer le véhicule pour le départ en Kabylie. Je prends la route ce soir à 21 heures.

Comme de coutume, le garagiste fit une remarque amicale :

– Attention, monsieur Bouraoui, lorsque vous vous êtes garé, hier, il m'a semblé que la roue avant gauche n'était pas assez gonflée. Le radiateur perd de l'eau. Avec cette chaleur, vous pourriez casser le moteur. Faites vérifier le frein à main, les mâchoires doivent être usées. Le pot d'échappement risquerait de vous lâcher en route. Une bonne soudure lui fera du bien. Si par malheur, vous perdriez le silencieux du pot d'échappement la nuit dans une des villes traversées, les gendarmes auront vite fait de vous rattraper et de vous coller une autre contravention.

– C'est tout ? Cependant, merci, pour vos bons conseils. De toute façon, les gendarmes connaissent bien mon « bourricot à quatre roues ». Rien que « les bruits » de son moteur par les « pets » qu'il dégage les fait sursauter, jusque dans leur lit. Au revoir, à samedi en fin d'après-midi. Inchallah !

– Inchallah ! Je vous souhaite une bonne route, sans souci majeur. Bien qu'une des glaces située du côté avant droit des passagers est sur le point de se décrocher. Il est probable qu'à la moindre secousse, elle pourrait glisser et disparaître entre les tôles de la carrosserie. En attendant, maintenez-là par un bout de carton ou attachez là vers le haut par un bout de ficelle. Bonne route !

– Merci monsieur Charles. Je vais faire ce que vous me conseillez.

Bouraoui s'installa au volant afin de manœuvrer vers la sortie. Un coup de démarreur, deux coups, trois coups. Rien ! Toujours rien ! Le moteur refusait de partir. Le garagiste, farceur interpella le conducteur :

– Mon pauvre Bouraoui, ton bourricot refuse de démarrer ? Il doit manquer d'avoine. Depuis combien de temps, n'a-t-il pas eu sa ration ?

– Moquez-vous, moquez-vous, homme de peu de foi. Je suis un bon client. Je vous fais remarquer que votre présence dérange mon « bourricot ». Raison pour laquelle, il refuse de se mettre en route. Vous ne respirez pas la « baraka ». Espèce de moqueur. Je vous fais une proposition : la manivelle ou le volant. Quel est votre choix ?

– Je préfère la manivelle. Comme ça au moins, j'aurai fait un peu de sport. En revanche, si j'arrive à démarrer votre vieille carcasse, que pourrais-je espérer de vous ?

– Un bon couscous sur la terrasse de votre appartement tout en haut du garage. Cela vous convient Charles ?

– Encore une autre bonne nouvelle. Cela me convient parfaitement, cher ami Larbi. Je fournirai le vin et le jus de fruits pour ceux qui ne boivent pas d'alcool. Et vous, vous voudrez boire quoi avec le couscous cuisiné par votre femme et votre fille aînée ?

– Que du petit lait.

– Entendu, ami Larbi. Á propos, pour ne pas sauter du « coq au bourricot », la pharmacie Ferhat aura quand les béquilles de Mokrane ?

– Le pharmacien me les a promises pour lundi prochain. Maintenant, assez palabré. Revenons au démarrage de mon « coursier ». Attention ne confondez pas l'avant avec « l'arrière train », la manivelle se met dans le trou que vous voyez là, à l'avant, au dessus du pare-chocs. Vous avez compris ? Un coup sec, suffit. Puis, relâchez vite l'outil. Sinon, cela pourrait vous casser l'avant bras.

– Un « coursier » ? Plutôt « Rossinante ». Merci du conseil, cher ami. Je ne pensais pas à tant de sollicitude de votre part, le brave maître des lieux partit d'un grand éclat de rire qui attira l'attention de madame Francini.

– Vous êtes incorrigibles, vous deux. Vous vous chamaillez encore. Charles, qu'importe, le terme employé « bourricot », « coursier » ou « Rossinante », monsieur Bouraoui gagne bien sa vie et nourrit avec son bourricot une trentaine d'adultes, sans compter les enfants et bien d'autres bouches encore. Un peu de respect à son égard veux-tu, Charles Francini ?

Les deux, lui répondirent comme un seul homme :

– Ouais, ouais, vous z'avez raison m'dame.

Madame Francini, divinement coiffée, réprimanda amicalement la facétie des deux complices :

– Charles, toi qui aime le bon vin tu seras bien servi ce soir. Rien qu'un verre de Sidi-Brahim ou de Gévéor à la place d'un bon Mascara ! Vous, monsieur Bouraoui, je ne vous adresserai pas la parole pendant les deux prochains jours.

Goguenard sans insolence, le père Bouraoui :

– Cela ne me dérange en aucune manière, m'dame. Vendredi et samedi je serai en Kabylie. Á moins que vous vouliez prendre place à bord de mon « coursier ». Vous serez la bienvenue en Kabylie.

Ceci dit, Larbi prit place au volant de son véhicule. Le cher monsieur Francini, engagea savamment la manivelle, dans le trou adéquat, et lui fit faire une rotation de trois quarts :

« Un coup sec ! Lui avait dit Larbi. »

Sinon, adieu aux bonnes collations avec un bras handicapé. Le moteur toussa, une fois, deux fois. Le troisième quart de tour fut le bon. Le moteur se réveilla dans un vrombissement de tonnerre.

– Bouraoui ! J'ai gagné mon couscous ! Trablaja la mouquère ! Trablaja la mouquère… Tralalala.. Tralalala…… le garagiste exécuta quelques pas de danse.

– Décidément, vous les Européens ne changerez jamais. Vous gagnez un couscous, sans effort. Il se trouve que cela va être ma femme qui va vous le préparer, chez vous ! Et vous, vous me chantez : « Trablaja la mouquère ! ». Je vais lui demander qu'elle prépare votre part avec des cuisses de grenouille.

– Vous n'avez pas de cœur, cher Larbi. Vous voulez ma mort ou quoi ? Un couscous-grenouillé. Vous blasphémez ! Vous n'avez pas honte ?

– Pas du tout ! Mais je vous aime bien. Je me mets en route. Demandez à votre gardien, mon frère Amar de bloquer la circulation dans la rue. Le temps que je sorte mon « bourricot-autocar ».

XX
Fatima donne des conseils de marche à Mokrane

Le voyage en Kabylie et son retour se passèrent sans souci majeur. La satisfaction du garagiste se lisait visiblement sur son visage, lorsqu'il vit le car reprendre sa place au fond du garage. En son fort intérieur, monsieur Francini, aurait tant souhaité que Larbi ait plus d'ambition. Mais sa culture des affaires ne cadrait pas avec le raisonnement de ce bon Roumi. En effet, Larbi-Bouraoui ne voulait rien d'autre. Un seul moyen de transport lui suffisait amplement. En avoir plus signifiait pour lui qu'il fallait aussi compter les ennuis qui les accompagnent.

Comme convenu, après son retour du souk de Condé-Smendou, le lundi, le père se rendit chez Ferhat qui lui remit les béquilles. Le pharmacien lui expliqua la façon de les mettre sous les aisselles, avant de lancer la marche :

– Vous voyez là, cher monsieur, le pharmacien lui montra le haut des béquilles renforcé par des coussins, c'est pour éviter que votre fils ne se blesse sous ses aisselles. La marche devra se faire de cette manière, Ferhat mima la position statique. Votre enfant doit se tenir bien droit. Les deux béquilles doivent être bien alignées, légèrement positionnées devant lui. Il ne lui restera plus qu'à s'arc-bouter dessus de toutes ses forces et de marcher. Posant une béquille puis l'autre. C'est tout simple. Si un problème se présentait, je vous enverrais mon assistant.

– Merci, monsieur Ferhat, je crois avoir compris.

Le brave père revint tout content chez lui. D'autre part, ce jour là, il n'eut aucune panne mécanique sur son transport. Tout avait fonctionné convenablement. La recette avait été bonne. Il pensa qu'il avait bien fait de refuser vingt passagers supplémentaires. Le règlement ne prévoyait que 40 places assises et 15 debout. Le fait du hasard mit les gendarmes de Bizot sur la route nationale. Ces braves militaires, en résidence dans ce village, effectuaient justement une mission de contrôle routier, ce lundi là. Ils avaient la réputation de ne tolérer aucune surcharge sur cette voie, à grande circulation. Laquelle reliait Constantine à Philippeville et au delà jusqu'à Bône. Beaucoup de camions l'empruntaient. Aussi Larbi associa-t-il, cette chance comme une intervention bénie. Du fait qu'il n'avait pas embarqué quelques clients de plus. De surcroît, un éventuel contrôle de surcharge l'aurait retardé pour aller chercher les béquilles. Il rentra tout fier, chez lui, apportant les supports en bois.

Cependant, une réflexion le surprit :

« Mokrane, me pardonnera-t-il un jour ? »

Bien sûr que Mokrane lui pardonnera. Larbi n'était pas ordinaire, ni original. Tout juste un homme qui préférait la compagnie d'un milieu maraboutê. Il était extrêmement généreux et le faisait voir.

Il n'a jamais été malade de sa vie, ni vu un médecin. Une santé de fer ! Il remplaçait lui même les grandes roues de son bus, en cas de crevaison.

En cas de panne électrique domestique tous les voisins et voisines allumaient des bougies en attendant son arrivée. Avec lui, point d'autres électriciens étrangers à la maison.

Lorsque le démarreur du véhicule était en panne, il se servait d'une forte barre à mine. Le gros outil était placé sous une des roues arrière du car et faisait fonction de levier. Plus on actionnait cette barre sous la roue, d'un autobus de plus de 8 tonnes, plus le véhicule avançait. Prenant de la vitesse de la sorte, le moteur finissait toujours par démarrer. Malgré son état, même Mokrane réussira quelques années plus tard cette belle expérience physique. Grâce à l'ingéniosité liée à la simplicité de son père, le boiteux apprendra que la force ne résidait pas que dans les muscles ; que tout dépendait de la manière ou de la technique utilisée. Le garçon handicapé en fera sa ligne de conduite. Il n'en aura pas fini pour autant des misères de la vie. Il en verra bien d'autres. Plus tard, certaines personnes, compareront sa vie à celle de Gavroche. Mais le monde de ce pauvre fils n'était en rien comparable à celui de Mokrane. Un monde autrement plus cruel. Un cocktail de barbarisme, d'obscurantisme, d'ignorance et de maraboutisme. D'autre part, les parents de Gavroche ne ressemblaient point aux « Bouraoui », qui étaient plutôt riches.

Heureusement, s'il ne vécut point dans la misère matérielle, il connaîtra, malheureusement, une vie physique atroce, des années durant. La misère morale le rendra aussi bègue, plusieurs mois de suite !

Sa mère Fatima en souffrira plus encore. Boiteux, borgne, bègue et laid. Cruelle nature ! Que donner de plus à ce pauvre enfant. Tous les soirs Mokrane adressera la même supplique, sans jamais sombrer dans l'abandon de la foi en Dieu :

« Allah ! Est-ce que tu existes ? Pourquoi m'as-tu affublé de toutes ces infirmités ? Il paraît que Tu es Bon et Miséricordieux. Pour l'instant, je ne fais que souffrir. Ton Silence me pèse. Guéris-moi de tout ça. Je t'en supplie. Tu ne crois pas que tu ne m'as pas assez affligé ? Pourtant, je ne suis qu'un pauvre petit garçon. Je suis très malheureux. Même les filles laides se détournent de moi. Qu'ai-je fait ? Allah, écoute-moi ! Inchallah ! Adresse-moi, un message. Décide-toi au Nom de ta Miséricorde. »

Rentré à la maison, Larbi remit les béquilles à son fils. Il l'aida à se relever et les lui plaça sous ses aisselles. Le fils comprit automatiquement le maniement. Il s'en fut faire un tour dans le grand patio au grand étonnement de toutes les femmes présentes. Certaines poussèrent des « youyous ». Fatima versa quelques larmes et les remercia.

Le tout nouveau béquillé pensa que la grande aventure allait enfin commencer pour lui. Il en éprouva une vive fierté. Ce fut comme une résurrection. Cependant, il en éprouva malicieusement une certaine revanche.

Il se dit : *« Malheur aux enfants qui sont venus me railler, lorsque j'étais couché. Ils vont vite avoir des nouvelles de mes seules amies en bois. »*

Malgré cela, le gosse se rendit compte que sa jambe gauche était plus courte d'au moins dix centimètres. Il en demanda la raison à sa mère :

– Dis, maman, ma jambe gauche est plus petite. Je n'arrive pas à toucher le sol, avec. Pourquoi ?

– Parce que, la faute en est à ce rebouteux de Sidi Aïch. D'après le médecin, celui qui t'a plâtré la première fois. Tu te rappelles de lui ? Celui de la clinique au squelette. Tu en rêvais la nuit. Tu en parlais même, tu criais : « Au secours ! Jo, la terreur » veut ma peau et celle de Maria. Tu disais que « Jo » vous poursuivait tous les deux, Maria, l'infirmière, et toi. Car « Jo » était amoureux de l'infirmière, mais que Maria criait qu'elle préférait ta compagnie. Enfin des choses comme ça. Je poursuis à propos de ta jambe. Ce rebouteux Bazouli a brisé ta hanche à force de répéter ses fortes pressions, pour plier ton genou. Ses agressions physiques ont déglingué toute l'ossature de ton bassin. De cette façon, il a réussi à déboîter l'os qui supporte le haut de ta cuisse. Cet os s'appelle « fimour » en français, ou je ne sais trop. Ce « fimour » ayant été violenté s'est mis en pointe vers le haut. C'est ce que tu sens lorsque tu poses ta main sur le haut de ta cuisse. Ce qui fait que ta jambe se trouve plus courte. Elle grandira pareille que l'autre. Mais il y aura toujours ce décalage de dix centimètres. Si un jour tu abandonnais les béquilles, tu pourrais rattraper un peu cette différence. Tu devras donc marcher sur la pointe de ton pied gauche. Ton talon ne touchera plus jamais le sol.

– Que vais-je devenir, maman ?

– Je ne sais pas mon petit. Je fais mon possible pour t'inculquer une base solide de notre culture. Pour le reste, tu devras l'apprendre par toi même. La nature humaine est méchante. Sois très prudent et ne fais confiance à personne. Sois un bon kabyle. Apprends à rendre coup pour coup. Ne laisse jamais tes ennemis prendre de l'avance sur toi. Tu me comprends ?

– Oui, maman.

– Car, si tu baissais tes bras, ne serait-ce qu'une seule fois, tu pourrais te considérer comme perdu.

– Je ne comprends pas « comme perdu ».

– C'est simple. Si tu n'apprends pas à te défendre, ton ennemi croira que tu as peur de lui. Il prendra l'habitude de t'humilier. Il en fera un jeu. Il le dira aux autres. Qui eux, aussi, te compliqueront la vie. Tu vois ce que je veux dire ? Mets du courage dans ton cœur. Utilise la ruse contre la force brutale de la bête.

– Je comprends. Il me faudra me battre tout le temps, alors.

– C'est ce que j'attends de toi ! Tu as beau être borgne, avec un strabisme divergeant, et boiteux, je t'aime tel que tu es. Tu es mon fils. Je veux que tu apprennes à te défendre.

– Larbi, est-ce qu'il m'aime ?

– Je ne sais pas. Il doit peut-être m'en vouloir un peu.

– Pourquoi ?

– Il doit penser que tu as été maudit par le mauvais œil. A ta naissance, tu étais beau comme un ange.

– Pourquoi ?

– Parce que j'ai préféré t'appeler Mokrane, un prénom kabyle. Ton père avait une préférence pour Abdelkader.

– Pourquoi ?

– Ton père avait fait un rêve. Son ami le marabout lui a dit de te prénommer Abdelkader. Le prénom d'un prestigieux chef arabe. Il s'était rendu en pèlerinage à Sidi Okba. Il est revenu bien après ta naissance. Je ne pouvais attendre, pour te déclarer à l'état civil des roumis. Je t'ai fait inscrire sous le prénom de Mokrane.

– Je comprends.

– Maintenant, va te promener un peu dans la rue. Fais quelques pas. Une technique imparable, lorsque tu croiseras une personne venant vers toi, adosse-toi contre un mur.

– Pourquoi ?

– C'est pour t'éviter la bousculade ou la mauvaise chute.

– Si quelqu'un vient derrière moi ne va-t-il pas essayer de me pousser ?

– Non. Aucune crainte. Il n’osera pas le faire.

– Pourquoi ?

– Regarde-moi, réfléchis un peu.

La mère durcit son regard. Mokrane regarda les beaux yeux de sa mère et baissa la tête, intimidé.

– Regarde-moi ! Tu n’as pas à avoir honte de ton strabisme. Même si tu n’as qu’un œil, supporte dignement le regard des autres !

– Oui, maman.

– Revenons au piéton derrière-toi. Réfléchis et imagine l’action. S’il te poussait, que va-t-il lui arriver ?

– Je tombe le premier, lui après.

– Justement, tu as tout compris. Déséquilibré et sans appui le passant chutera sur toi. Parfois tes béquilles pourront faire le reste.

– Comment ça, les béquilles *« Faire le reste »* ?

– Ton suiveur, lui, le sait. Il se dira :

« Ce petit boiteux m’emmerde. Il ne va pas vite. Si je le bouscule, il tombe et moi avec. Je ne tiens pas à recevoir ses béquilles sur mes couilles ou sur mon bas ventre. »

– S’il me bouscule et je me retrouve par terre. Que pourrait-il me faire maman ?

– Rien. S’il est derrière toi, avec un peu d’intelligence de sa part, il t’évite. S’il est abruti, il te bouscule. Là, s’il tombe, une de tes béquilles pourrait le blesser. Tu n’auras plus qu’à lui dire :

« Excuse-moi sidi, c’est un accident. » Dans ce cas-ci, ne t’inquiètes pas, tu auras droit à un sourire benêt. Le type, se relèvera et s’en ira tout bêtement. Peut-être, qu’il te donnera un coup de main pour te remettre debout.

– Sinon ?

– Rien ! Il ne pourra que t’aider à te relever. N’aies pas peur, il ne pourra pas te frapper. La foule serait en droit de te défendre.

– Je ferai attention, maman.

– Je vais encore te dire un mot à propos du Bazouli. Ta grand mère Ouahchia s’est rendu chez lui à Sidi Aïch. Elle lui a fait un scandale du diable. Elle a eu l’audace de demander sa déchéance et son bannissement de l’ethnie kabyle. Comme elle n’était pas du village, elle n’a pas été écoutée.

– C’est quoi, déchéance et bannissement ?

– Ce sont des peines que nous Kabyles décidons à l’égard de ceux qui commettent une faute grave. Ta grand mère, a estimé que ton état relevait d'une telle condamnation. Dommage, que cet imbécile n'habite pas Bouktone ou Bouraya.

– Je ne comprends pas ce que tu dis.

– Déchoir et bannir quelqu'un, c'est le couper de ses racines. Il est chassé du village, temporairement ou définitivement. S'il est marié, il lui est interdit de partir avec sa femme et ses enfants. S'il a des biens avec une certaine valeur marchande, ils lui sont confisqués. On en confie, dans ce cas, la gestion soit à sa famille, soit à un gérant à la moralité rigoureuse. La famille du banni est ainsi protégé, tant que durera la sanction. Par contre, si le banni est marié et pauvre, la communauté supporte tous les frais nécessaires aux besoins de sa famille.

– C'est dur, maman.

– Ce Bazouli, n'a-t-il pas été « dur avec toi » ? La justice Française aurait été encore plus sévère. Il se serait retrouvé en prison. Nous, en revanche, banni par nos soins, nous nous serions engagés à aider sa famille.

– Djedda Ouachia est-elle allée voir la justice Française ?

– Ceci n'est pas dans notre culture, mon fils. Certes, il aurait été condamné. Mais sa famille, qui n'est pas responsable, se serait retrouvée dans la plus grande misère. Le malheur de cette pauvre maison, privée de son maître, se serait abattu sur nous. Notre code l'interdit. Nous faisons la guerre à l'oppresseur, au méchant, non aux femmes et aux enfants.

– Tu en connais des choses, maman. Djedda est pareille que toi. Pourtant, vous n'êtes pas allées à l'école.

– Notre mémoire kabyle nous sert d'école. Nous existons depuis des siècles et des siècles. Notre vaste connaissance vient de notre histoire ancestrale. Nos ancêtres ont tissé un solide fil conducteur de transmission orale. Aussi, enregistre dans ta tête ce que je t'explique aujourd'hui. N'en rate pas une miette. La source de notre longue vie ethnique n'est pas prête de se tarir. Nous en avons encore pour des siècles et des siècles. Maintenant, Mokrane, fais-moi plaisir, va dégourdir un peu tes béquilles. Elles commencent à s'ankyloser.

– Maman ! Tu veux dire mes jambes ? Tu te moques de moi.

– Je sais. Je blague un peu avec toi. Une chose : cultive ton humour dans la bonne humeur. Tu ne t'en sortiras qu'à cette condition. L'homme est méchant avec ses semblables. Tu apprendras que les animaux ont plus de cœur. Rappelle-toi ce loup qui t'a léché à Sidi-Aïch. Lui, il a senti que ta misère physique n'était pas banale. Je pense que tu es un garçon béni, malgré tes malheurs. Aies toujours de l'humour mon fils. Laisse-moi, j'ai les sardines à préparer pour ce soir. Ma copine Sarah, la couturière, ne va pas tarder à me rendre visite.

– La Juive ?

– Je te l'ai déjà interdit une fois. Ne répètes plus ça devant moi. Si je l'aime bien, tu dois l'aimer autant que moi. Je la respecte beaucoup. Maintenant, vas-t'en. Tu me retardes.

Mokrane, traversa précautionneusement le patio posant, ça et là, ses béquilles sur le carrelage mouillé. Djegdjiga, la maman de Brahim, l'embrassa au passage. Elle considérait Mokrane comme son fils. Elle l'avait allaité, étant bébé. Fatima n'avait pu le faire par manque de lait maternel.

Dans la première entrée principale de la maison, il croisa une femme, voilée en noir, précédant un portefaix. Il entendit la dame dire :

– Balak, balak, radjal barani, rahou dakhal fa dar ! *(Attention, attention, un homme étranger entre dans la maison)*

Mokrane entendit le remue ménage des femmes présentes dans le patio. Des cris et des rires lui parvinrent aux oreilles :

« Un étranger ! un étranger ! Vite cachons-nous ! »

Ensuite, le silence remplit le vide. Les pas du portefaix résonnèrent sur une quinzaine de mètres, avant de s'estomper.

« Il doit grimper les marches pour le premier étage, pensa Mokrane. »

Dans la rue, le boiteux sourit en lui même. Il se dit que les Kabyles avaient adopté par ici, une curieuse coutume citadine. Alors qu'en Kabylie, les femmes se paraient tout autant de dignité, en sortant sans voile. Par contre, au milieu de tels indigènes, la prudence suscitait plutôt l'assimilation.

Sinon, le téléphone arabe pouvait s'avérer impitoyable, à l'égard de tous les ressortissants berbères, qui auraient refusésde s'exécuter. La rumeur populaire amplifiée, n'aurait-elle pas dit ?

– *« Hé, vous connaissez la dernière ? La maison des Kabyles n'est pas respecueuse de nos coutumes. »*

D'autre part, ici rapporté, le même bourdonnement ne s'empêchait pas de sonner, gravement, aux oreilles de cet habitat montagnard, tel le bruit d'un bourdon :

– *« Vous les Kabyles ? On vous connaît ! Vous allez à votre mosquée au son de la cloche des mécréants, celle des Roumis ! »*

Tout à ses deux réflexions, la première étant supposée et la seconde véridique, à l'époque, le jeune handicapé heurta l'étal d'un marchand de fruits et primeurs. Le cri rageur du commerçant, ramena l'éclopé à la dure réalité :

– Hé, toi le béquillard ! Fais attention à mon cageot d'oranges. Tu en as fait tomber quelques unes. Pour un rien, je te les ferai ramasser. Passe-ton chemin. Fissaâ !

Le pauvre Mokrane resta sans voix. C'était la première remarque méchante de la journée qu'il entendait. Ce qui ne l'empêcha pas de répliquer :

– Tu n'as pas le droit de m'insulter. Je t'ai repéré. Jamais, je ne ferai de toi mon commerçant. Si, d'ici là, Allah t'accorde son pardon et la sauvegarde de tes jambes. Abruti d'Arabe ! Me traiter ainsi ? Tu n'es qu'un lâche. Ta face de vicieux n'arrive même pas à égaler le caoutchouc de mes béquilles ! Regarde-moi, comment je t'écrase.

D'un geste violent, Mokrane souleva haut une béquille et l'abaissa furieusement sur une des oranges, jonchant le sol. Clopin-clopant, le boiteux reprit dédaigneusement, sa marche. En autochtone superstitieux, le brave marchand se fit d'un coup tout mielleux. Il fut dans l'obligation de présenter ses excuses au pauvre béquillé :

– Pardonne-moi, petit. Je sais que cela porte malheur de se moquer d'un plus faible que soi.

Dédaigneux, fier de lui, Mokrane continua son chemin. Mais la fatigue se faisant sentir, il revint sur ses pas. Fatima exprima son contentement, lorsqu'il lui raconta sa mésaventure avec le marchand de fruits. Elle le félicita :

– D'accord, tu as dis ce qu'il fallait. Mais dire à un homme qu'il est « abruti d'Arabe et lâche », même si c'est vrai, je ne suis pas de ton avis. La prochaine fois, trouve autre chose. Fais peur aux gens par des mots qui se rapprochent du diable ou du bon dieu. Lance-leur des incantations dans le genre :

« Le Sheitan va te brûler dans les entrailles de l'Enfer ! » ou bien, « Qu'Allah te rende aveugle et boiteux ! », reprenant son souffle, Fatima poursuivit :

– Cela paye mieux. Le peuple arabophone, parmi lequel nous sommes obligés de vivre est ignorant, fataliste et superstitieux. Naturellement, je ne généralise pas. Mais il n'y a que ce genre de fadaises verbales, à connotation bigote, qui pourrait les contenir un peu. La majorité a peur de ce genre de menaces. Heureusement qu'une bonne partie n'a pas cette mentalité rétrograde. Tu apprendras à la connaître. Elle est tout aussi brave et gentille.

Bien que la lâcheté et la méchanceté mènent certains, par le bout du nez. Retiens-toi de le leur dire. Il faut juste le penser. Pour les enfants impolis avec toi, tu leur donnes un bon coup de béquille. Pas sur le crâne !

– Bien maman. Une question. Si je suis un peu insolent avec un homme et qu'il veuille me gifler que dois-je faire ?

– Crie au secours et trouve-toi sous la protection d'un autre passant, c'est « darba, darba ! »

– Je ne connais pas *« darba, darba ! »*

– Une expression populaire qui signifie : « c'est efficace ! »

– C'est noté, maman !

– Á propos, notre chat Messaoud a mangé une partie des sardines que je devais préparer. Il en a profité. J'étais en discussion avec Sarah qui est arrivée plutôt que prévue.

– Il devait avoir faim.

– Un chat n'a jamais faim. Il chaparde plutôt par gourmandise. Tous les chats sont des voleurs. Pourtant, il a bien mangé ce matin, avec nous tous. Une pleine écuelle de lait avec un peu d'aghroum *(pain en kabyle)* trempée dedans. En plus, il est rentré dans la cave à charbons où il a déniché un rat. Il l'a déposé à mes pieds comme offrande.

– Il voulait que tu le lui fasses cuire peut-être.

– Tu n'y es pas. Tu crois qu'il voulait que je le fasse aussi en casserole pour la famille ? Tu te fous de moi ou quoi ?

– Je ne sais pas, moi. Maman, le chat chasse et toi tu décides.

– Assez plaisanté. Va t'allonger un moment. La marche de ce premier jour a dû te fatiguer la tête !

– Tu as raison. J'ai chaud et mal à la fois. Mes bras et mes mains me font mal. Je vais dormir un peu.

Mokrane, rentra dans la grande pièce. Il plaça à la verticale les béquilles et s'allongea sur le grand lit, installé à l'intérieur d'une large alvéole murale. Il s'endormit un bon moment. Il rêva qu'il planait comme un oiseau dans le ciel, au dessus du pont Sidi-Rached. Il se vit descendre rapidement, béquilles tendues, droit devant. Au moment où il allait enfoncer ses « engins de marche », dans le ventre d'un grand gaillard qui molestait un pauvre petit handicapé, sa mère vint le réveiller :

– Mokrane, réveille-toi. C'est l'heure de manger.

Le rêveur, s'étira en disant :

– Mmmm… Ça sent bon !

Sa mère lui répondit :

– Comme je n'avais plus assez de sardines à cause du chat, j'ai préparé un plat garni de morceaux de lapins et de pommes de terre.

– Tu as envoyé Houria le faire cuire chez le boulanger ?

– Justement. Lève-toi et viens te laver les mains avant de manger. Larbi t'a apporté un petit siège pour t'asseoir.

– Comment ça ?

Le regard azur de sa mère l'empêcha de finir sa question.

– Ah, oui c'est vrai. Je ne peux pas m'accroupir comme vous, autour de la meïda. *(Table basse)*

– De toute ta vie, tu ne le pourras mon fils. Ton handicap est bien plus pour une salle à manger à la française. J'espère que tu pourras te payer ça un jour, mon fils.

XXI
Au cirque « AMAR »

Le jeune garçon, grandit dans l'indifférence générale. Sa santé ou sa guérison n'intéressait plus personne. En revanche, il apprit à manier ses béquilles avec la dextérité d'un illusionniste de cirque. Il avait profité que Larbi, les emmenât tous au cirque « AMAR », pour apprendre. Il lui avait suffit de regarder intensément l'artiste. L'homme tenait, d'une main, un curieux chapeau et avec les doigts de l'autre, il faisait faire des moulinets à sa canne, qui était comme suspendu dans le vide.

De temps à autre, Mokrane voyait, sortir du chapeau, soit un lapin, soit la canne qui se changeait en bouquet de fleurs. Il applaudissait plus que tout le monde.

Il criait :

– Arnou ! Arnou ! *(en kabyle – « Encore ! Encore ! »'*

Le père l'entendit prononcer ces paroles que seul un initié pouvait comprendre.

– Mokrane, il ne faut pas dire « Arnou ! Arnou ! ». Ce magicien ne comprend pas notre langue. Crie :

– Bravo ! Bravo ! » Encourage-le en français.

– Est-ce que j'irai à l'école, moi aussi ?

– Bien sûr. Quand tu seras guéri !

– Ce qui signifie « jamais ! »

Bouraoui, se garda de donner sa réponse et se tourna pour admirer la fin du tour de passe-passe. Monsieur Loyal annonça que le prochain spectacle allait être un numéro avec les lions de l'Atlas.

Le père de Mokrane, eut froid dans le dos.

Il se dit : *« Je préfère quand même les voir en cage qu'en liberté. »*

Il se rappela la mésaventure où il avait failli finir dans le ventre d'un lion, dans la montagne des Bibans. Car, dans sa jeunesse, il a été un temps berger. Il gardait les chèvres et les moutons des quelques familles dont les maris étaient partis faire la guerre de 1914-1918. La rumeur rapportée pour encourager la conscription disait :

« Aux armes citoyens ! La Patrie est en danger ! »

Larbi dormait à l'ombre d'un énorme figuier. Lorsqu'il le rugissement d'un lion le réveilla. Le fauve cherchait une proie. L'animal se dressait majestueux, au bord du gouffre. Sa crinière flottait, offerte au vent de la montagne. Ses cris rageurs semblaient dire au jeune berger :

« Petit bout d'homme, heureusement pour toi que la distance du ravin nous sépare ! »

Avec le concours de son chien Mejtouh, Larbi, put alerter les habitants de Bouraya.

L'ambiance du cirque reprit la pensée vagabonde de père. Il dit distraitement à Mokrane :

– Tu sais ? Tu as failli ne jamais venir au monde.

Le jeune spectateur qui attendait avec impatience la suite du spectacle nota, la réflexion de son père :

– Comment ça ?

Bouraoui apporta la précision :

– J'étais jeune berger. J'ai failli finir dans le ventre d'un lion de l'Atlas.

Mokrane répondit amer :

– Il eut mieux valu pour moi !

Celui qui fut un ancien berger ne sut quoi répondre. Ensuite l'animateur annonça que le numéro suivant, serait le « clou » de la soirée, avec la prestation unique au monde de : « L'homme-fusée ! »

Des employés s'activaient de tous les côtés. Certains suspendaient d'immenses filets dans le vide. D'autres tiraient un grand tube creux. En un tour de main, l'objet fut hissé et fixé sur sa tour. L'orifice légèrement inclinée, défiait la foule. Le long tube, dressé en pente douce au dessus du filet, semblait dire aux spectateurs :

« Désolé messieurs, dames, vous avez payé votre entrée pour que je crache sur vous, le feu de l'Enfer ! »

L'instant d'après, la voix tonitruante de monsieur Loyal, se fit entendre à nouveau :

– Bonjour, mesdames et messieurs ! Le cirque « AMAR » a le grand honneur de vous présenter l'homme–fuséééeeee ! Aussi, nous vous demandons d'observer le plus grand silence. Pour la sécurité de l'artiste, je ne voudrais même pas entendre une mouche voler. Sinon, s'il en rencontre une, lors de son envol, il risquerait de l'écraser. Applaudissez-le ! Le voilà qui s'apprête à monter le long de l'échelle. Regardez sa partenaire, Nina, qui lui adresse un baiser. Quel beau spectacle ! Quel magnifique couple ! Applaudissez-les. Allez, applaudissez-les ! Mettez du cœur dans vos mains.

Tout le monde d'applaudir, d'applaudir :

– Bravo ! Bravo !

Mokrane, entendit un plaisantin crier :

– Donnez-lui, plutôt, une bombe « Flytox », le danger est pour votre homme. C'est du chiqué tout ça. Je viens même d'apercevoir sous le chapiteau, une grosse mouche tsé-tsé ! D'où ce qu'elle sort celle là ! Ha… Ha… Ha…»

Monsieur Loyal, s'égosilla de plus belle :

– Allons, allons, vous le monsieur du troisième rang, soyez sérieux ! La mouche tsé-tsé vit en Afrique noire. Ici, nous sommes sur le plateau du Coudiat, à Constantine.

L'auteur de la plaisanterie se leva, brandissant une bouteille :

– Vous le parigot enfariné ! Ici, nous sommes aussi en Afrique… mais… du Nord !… Ha ha ha !……

Content de sa bêtise, le spectateur retomba lourdement sur son siège. Le sommeil venait d'avoir raison de lui.

– D'accord, vous avez raison monsieur le rigolo, lui répondit, Loyal.

Mokrane aperçut deux policiers, en pèlerine, se dirigeant, discrètement, vers le perturbateur. Ils lui demandèrent de les suivre. Le type en se levant, renversa un peu de boisson sur un des agents.

Le garçon remarqua un liquide rouge-brunâtre. Larbi, qui suivait aussi la scène tout en admirant la présentation de l'homme – fusée dit à son fils :

– C'est du vin. Le type est saoul.

L'énergumène était costaud. Il était à moitié endormi et cuvait son breuvage. Il ne voulait pas se laisser faire. Les deux braves agents furent contraints de le traîner, aidés en cela par trois valeureux pompiers.

Pendant ce temps, monsieur Loyal se saoulait de ses propres harangues. Il se prenait pour Démosthène dans un cirque :

– Allons, allons, messieurs, dames ! Cessez de vous retourner. Le spectacle est devant ! Tournez par ici vos jolies têtes. Guidez vos yeux plutôt vers notre héros du jour. Le vôtre ! Il vous attend, superbe sur sa rampe de lancement. Á chacun sa spécialité. La Police arrête les disciples de Bacchus. L'homme-fusée part à la conquête des étoiles.

Le silence reprit son droit. La voix de Loyal retentit à nouveau bruyamment :

– Maestro, musique !

Un roulement de tambour retentit. Les têtes levées retinrent leur souffle. Mokrane, trouvait que l'homme grimpait trop lentement à l'échelle de corde. Quant à Nina, sa complice, elle se trémoussait.

Tout en elle, était beau : le sourire comme le corps. On avait l'impression qu'elle cherchait à allumer son compagnon. Alors qu'il était sur le point de se faire tirer dans le derrière, pour son envol. La bouche du canon attendait d'engloutir « l'obus humain ». Au moyen d'un escabeau, l'homme s'engouffra par l'ouverture du tube. Il passa ses jambes en premier. Son corps suivit. On ne voyait plus que ses bras pointés vers l'avant. Sa partenaire Nina n'arrêtait pas de saluer la foule. Son sourire était éclatant. « *Comme celui de l'affiche Gibbs* », pensa Mokrane.

Un nouveau silence s'établit, suivit d'un autre roulement de tambour.

– Attention ! Attention ! hurla le présentateur, dans son micro, pour se faire entendre, l'homme-fusée va partir dans l'espace. Prêt ? Feu !

Un violent « Boum » se fit entendre suivi d'un panache de fumée, qui s'éleva paresseusement. L'homme-fusée partit, bras en avant. Il frôla la toile du chapiteau avant de retomber lourdement au fond du filet. Mokrane était sous le charme. Il venait de voir un miracle. Il s'adressa une courte prière :

« Y a Rabi (Dieu), si tu pouvais m'accorder une pareille chance, je serai le plus sage des garçons. »

Ignorant qu'il pouvait être entendu par Dieu, il se dit à lui-même :

« Par contre, je me vengerai de tous ceux qui m'ont fait mal. Je les emmènerai la-haut dans le ciel, pendu par la peau de leur zob. Je les relâcherai ensuite dans les gorges profondes du Rhummel. »

Á ce moment de ses réflexions, il sentit que Larbi le secouait :

– Réveille-toi, Mokrane, nous partons. Le spectacle est terminé. Dis donc, tu marmonnais des mots à la fin du saut de l'homme volant. Tu disais quoi ?

– Rien ! Je faisais un rêve éveillé.

Surpris par ce départ rapide, le fils leva précipitamment une de ses béquilles. Il faillit crever l'œil de l'homme assis sur les gradins, derrière lui. La gêne envahit le jeune estropié. Bien qu'il eût présenté ses excuses, il essuya tout de même un sévère sermon de ce type :

– Quelle jeunesse ! Il n'a même pas le courage de vous regarder droit dans les yeux. Quel toupet, il lorgne ma fille ma parole ! Je vais t'en mettre une tu vas voir !

La jolie fille intervint et arrêta la main de son père :

« Tu te trompes papa. C'est un gentil garçon. Ce n'est pas de sa faute s'il louche. Il t'a bien présenté ses excuses. Que veux-tu de plus ? Tu t'es mépris sur lui.

En réponse à sa fille, l'homme marmonna :

– Bon, bon.

la jeune fille prit la main de Mokrane et le gratifia d'un sourire. Le pauvre loucheur n'en revenait pas. Cela lui réchauffa le cœur. Sa pensée fut :

« Merci, Rabi pour cet autre miracle. »

Le cirque se vida dans l'ordre. Les rangées de gradins se retrouvèrent vides, les unes après les autres. L'enfant gêné par la foule, trouvait que cela n'allait pas assez vite. Il avait aussi à poser ses béquilles. Il ne savait comment faire pour sortir.

Un pompier de service, vint lui porter secours. Le jeune spectateur raconta une anecdote au combattant du feu :

– Tu sais monsieur, une fois un monsieur habillé comme toi, m'a pris dans ses bras pour me ramener à la maison. J'avais peur du vent, qui m'empêchait d'avancer.

Le sapeur-pompier lui demanda :

– Comment ça, tu avais peur du vent ?

L'enfant précisa :

– Je me trouvais dans la rue qui monte vers l'école des garçons. Un vent fort s'est mit à souffler. Sa force bloquait mes béquilles. Je ne pouvais plus marcher. J'avais peur. Je me suis mis à crier et pleurer. Comme il y avait un incendie dans une maison à côté, le monsieur m'a entendu. Il est venu me prendre dans ses bras pour me ramener chez moi.

XXII
Au « Zoo » face au loup de Sibérie

Mokrane se retrouva à l'extérieur sur un sol propice à ses béquilles. Il allait pouvoir mieux se déplacer. Remis de ses récentes émotions, il posa abruptement la question à son père :

– Dis Bouraoui, c'est quoi Bacchus ? Le monsieur déguisé l'a prononcé tout à l'heure.

– Je ne sais pas. Nous allons visiter les autres animaux en cage. Tu trouveras bien une personne, qui t'expliquera, lui répondit-il.

Le père se présenta à la caisse du zoo. Il paya dix entrées.

Le fils ne prenait même plus la peine de regarder les animaux dans leurs roulottes-prisons. Il n'avait qu'une idée en tête : trouver la réponse sur Bacchus. Il eut, cependant, le loisir de remarquer un magnifique loup. Il se dirigea vers la cage. Le canidé s'approcha de lui, à pas comptés. L'un et l'autre se regardèrent longuement. L'animal s'assit sur ses pattes de derrière. Il redressa sa tête et lança un petit jappement.

Le « Mowgli à béquilles » comprit qu'il a bien été accepté. Il se remémora l'autre frère animal qui l'avait léché, une nuit. C'était dans la forêt kabyle. Des larmes perlèrent aux yeux du gamin, à la vue du pauvre loup prisonnier. Privé d'espace, l'animal devait aussi souffrir. D'abord, il se représenta l'affreux souvenir « Bazouli ». Et maintenant il voit devant lui un autre loup prisonnier en cage. Souffrance du même acabit. L'animal le fixa un long moment. Il baissa ensuite tristement la tête. D'un pas fier, il s'en retourna rejoindre ses congénères, qui étaient tous tapis dans le fond de leur roulotte-prison. Toute la meute regarda ce « drôle d'enfant », s'éloigner d'eux. Leur regard était triste à son égard.

Leur pensée devait être :

« Petit Mowgli kabyle à béquilles », nous constatons que notre misère est commune. Nous partageons la même solitude. La faute en est à la bête

à deux pattes. Si l'homme a été un loup pour toi, il l'est tout autant pour nous. Pauvre petit estropié. Privé d'une de tes jambes, tu ne pourras plus courir sans l'aide de tes bouts de bois. Quant à nous autres privés de liberté, nous ne pourrons plus courir dans l'immensité de nos forêts. Nous sommes perdus à jamais. Hélas, nous ne reverrons plus notre territoire de chasse. D'instinct, nous avons su que tu avais été adopté par l'un des nôtres. Adieu petit ! Notre prison est devenue notre terrier. Nous penserons toujours à toi. Fais gaffe à l'homme. Il est médisant, méchant et mauvais. Ne te laisse pas enfermer. La médisance, la méchanceté et la mauvaiseté sont les trois plus grandes faiblesses du mammifère à deux pattes. Sois fort, notre petit ! Tu es faible en apparence, mais ton expérience te rendra encore plus fort. Cultive ! Développe ta ruse ! L'homme est une bête pour lui-même. Un jour viendra. La nature n'oublie pas. Elle lui rappellera le moment venu, les blessures qu'il aura commises envers elle. La vengeance ne sera que plus terrible ! Adieu petit bout d'homme. Que la force soit avec toi ! Qu'elle t'accompagne toujours ! »

Mokrane remarqua que toute la meute le scrutait intensément. Par ce contact animalier, le petit « louveteau humain » éprouva un étrange sentiment en son fort intérieur. Il se sentit ragaillardi. Il se retourna à son tour. D'un geste de la main, il envoya un dernier salut :

« Adieu mes frères dans la misère. Je suis d'accord avec vous. Allah devrait punir plus souvent l'homme, responsable de tant de malheurs. »

Clopin-clopant, il arpenta les allées du zoo à la recherche d'un éventuel « savant ». La réponse, à sa question, le taraudait. Revenant sur ses pas, il aperçut une belle créature. Laquelle se tenait debout, devant la même cage à loups. La jeune femme était avec un groupe de petites filles. Il comprit qu'elle pouvait l'aider. Il sut que l'animatrice était instruite.

Les élèves étaient attentifs à ses explications :

– Ce que vous voyez là est un magnifique loup de Sibérie. Tout à l'heure, j'ai remarqué une scène énigmatique. L'un de ces canidés avait l'air de communiquer avec le petit garçon que vous voyez là-bas. Celui qui marche avec des béquilles. Venez, nous allons le rattraper. Il n'a pas l'air d'avancer vite. Je voudrais lui parler. Cela m'intrigue.

Mokrane continuait à visiter seul, sans pouvoir déchiffrer l'écriture peinte, sur des panneaux rouges et jaunes. Lorsqu'il entendit une voix le héler :

– Hé, vous ! Jeune garçon, attendez-nous. J'ai une question à vous poser.

Il se retourna et vit qu'il s'agissait de la belle inconnue. Que vais-je lui dire pensa-t-il :

« Je ne parle pas Français. »

Il attendit. La jolie brune arriva à sa hauteur. Elle portait un beau chemisier blanc, brodé de fleurs et une jupe plissée marine. Elle le dépassait au moins de deux têtes. Mokrane n'en croyait pas son œil. Il le posa sur les chaussures de la jeune femme. Il vit la hauteur des talons. Il comprit. Il esquissa un sourire. Il lui parla en arabe :

– Tu triches madame. Tu veux paraître plus grande que moi. Je suis désolé, si tu ne comprends pas ce que je veux te dire. Je ne parle que l'arabe ou le kabyle.

– Ne t'inquiètes pas, lui répondit-elle, nous allons nous comprendre, mais en arabe.

– Lala, je suis content que tu parles l'arabe. Mon handicap m'interdit d'aller à l'école.

– Qui t'a raconté une telle ânerie ?

– C'est Bouraoui dit Larbi, je veux dire, mon père. Il ne veut pas en entendre parler. Son rêve est de m'inscrire à l'école coranique. Moi, je refuse leur façon d'enseigner. J'ai vu des petits gars s'y rendre. Ils ont un comportement bizarre. Lorsqu'ils ouvrent un livre, ils remuent leur tête d'avant en arrière. On dirait qu'ils ont la tremblote de la tête. Je ne les vois jamais un stylo à la main. Je trouve que ce n'est pas normal. Est-ce que toi, tu vas à l'école française ?

– Bien sûr. Je suis institutrice dans une école de filles. Nous avons un très bon maître d'arabe. Il ne fait pas travailler ses élèves comme tu me le décris. Toutes les filles indigènes de l'école, écrivent avec un porte-plume sur un cahier. Elles font leur devoir à la maison. L'école des garçons qui est juste à côté, enseigne l'arabe de la même façon.

– Je suis heureux de savoir que cela existe. Je commençais à désespérer. Lorsque je marcherais un peu mieux, j'irai m'inscrire à l'école française. Il y en a une pas loin de chez moi. Je n'en parlerai à personne. Même pas à ma mère. Si je le lui dis, mon père est capable de lui faire un scandale. Je les mettrai devant le fait accompli.

– Pourquoi ?

– Je ne sais pas. C'est comme ça.

– Où habites-tu ?

– Dans le quartier arabe. Je ne connais pas le nom de la rue.

– Je vois. De toute façon, l'école la plus proche est l'école François Arago. Le directeur est très bien. Je le connais. J'enseigne à l'école Paul Bert, juste à côté. Tu parles bien pour ton âge, même en arabe.

– Obligé, je vis parmi eux. Mais mon origine est kabyle. Je pratique aussi cette langue.

– Tu veux que j'aille voir ton père ? C'est ce monsieur avec pleins d'enfants autour de lui, là-bas ?

– Oui ! Mais ne lui parle pas de m'inscrire à l'école. Cela le rendrait mauvais. Par contre, j'ai entendu un mot au cirque. Je ne connais pas la signification. Le monsieur du cirque a dit *« disciple de Bacchus »*, c'est quoi ?

– Le liquide que tu as vu coulé sur le bras de l'agent de police est du vin. Bacchus est le dieu. Ceux qui aiment ce breuvage deviennent ses adeptes. Ce liquide saoule ceux, qui en boivent trop. Il fait perdre la raison à plus d'une personne. C'est le cas du monsieur que tu as vu entre les deux agents de police.

– Ah, je comprends. Merci. Je crois que tu veux me demander quelque chose.

– On ne peut rien te cacher. Justement, je voulais te parler du loup. Vous vous regardiez silencieusement dans les yeux. J'ai l'impression que vous communiquiez. Je me trompe ? Je trouvais cela curieux.

– Tu as raison. Je le remerciais au nom d'un autre loup de Kabylie.

– Quel est le rapport entre les deux animaux. L'un de Kabylie, l'autre de Sibérie ?

– Je ne sais comment vous l'expliquer. En tout les cas, le loup dans la cage avait l'air de lire dans ma tête. Lui, au moins, il a compris mon mal. Voilà, vous voyez le résultat, il lui montra les béquilles.

– Je l'ai remarqué. Ce qui t'arrive est triste.

– Ne me plains pas trop, lala. Mes béquilles font partie de mes habitudes. Ceci dit, suite à une banale chute. J'ai été mal soigné par des marabouts. Ils racontaient qu'ils pouvaient me guérir. Ils disaient qu'il leur fallait juste chasser Sheïtan, de ma hanche. J'étais dans une très grande misère morale. Je ne peux t'en dire plus. Ce serait trop long à te raconter, Larbi va s'impatienter.

– Ne t'inquiète pas. Je prendrai ta défense. Tu peux continuer ton histoire.

– Je me rendais à Sidi Aïch, consulter un autre marabout ignorant. Mon oncle et moi dormions dans la forêt, à la belle étoile Il y avait d'autres personnes qui campaient comme nous. Dans la nuit, un loup de Kabylie s'est approché de moi et m'a léché ma figure et la blessure de ma jambe gauche. Il avait du sentir mon handicap et mes souffrances physiques. Ne me regardes pas comme ça. Tu doutes de moi.

– Non, non, je te crois. Mais cela me paraît incroyable.

– C'est comme ça, je t'assure. C'était bien un loup ! Mon oncle l'avait vu le premier. Il m'a tout raconté. Tout le monde a couru après. Arrivé à bonne distance, cet animal s'est arrêté sur un rocher. Il s'est retourné face à la foule. Il avait l'air de les narguer. Je l'avais entendu pousser un long hurlement. Au lieu de ressentir une peur, j'ai senti comme une chaleur me traverser le corps. Mon cœur en était tout retourné. Je ne l'ai jamais oublié depuis. Aujourd'hui, je ne sais pourquoi ce loup de Sibérie m'a dévisagé autant. J'ai senti un courant de sympathie passer de lui à moi. Je crois qu'il ressent ce que je supporte. Moi, je ne comprends pas tout ça. Toi, qui es maîtresse d'école, peux-tu m'expliquer ?

– Oui. On appelle cela : « l'instinct animal ». C'est un don, que nous humains n'avons pas.

– Ma douleur profonde ne peut, donc, intéresser que les animaux ?

– Tu as tort de dire cela, mon garçon. Tu t'appelles comment, au fait ?

– Mokrane. Je vais avoir dix ans.

– Moi, je m'appelle Sarah.

– Tu portes le même prénom que la couturière de maman. Je ne risquerai pas de l'oublier. En plus, ta beauté restera gravée dans ma mémoire.

– Tu me fais beaucoup d'honneur Mokrane. Permets-moi de t'embrasser.

Sarah se pencha et le serra fortement, béquilles comprises ! Mokrane s'accrocha à sa taille, du mieux qu'il put. Elle était bien trop grande pour lui. Elle poussa un petit gémissement. Mokrane lui demanda soudainement :

– Que se passe-t-il ?

– Une de tes béquilles m'est rentrée dans le ventre.

– Je ne l'ai pas fais exprès. Excuse-moi.

– Ce n'est pas grave. La faute en est à mes hauts talons. J'avais envie de te donner un baiser. Parce que tu es tout chou. Maintenant, fais-moi une promesse de t'inscrire à l'école, dès la prochaine rentrée scolaire en octobre.

– Je te le promets Sarah. Á propos, tu sens bon comme du « propre », madame.

La maîtresse ne releva pas le mot. Elle s'empressa d'appeler ses élèves. Elle les fit aligner deux par deux, avant de reprendre le chemin de l'école. Mokrane osa une dernière question :

– Madame c'est quoi *« tout chou ? »*

Sans prendre la peine de s'arrêter, elle lui répondit, levant son bras amicalement :

– Tu auras tout le temps de le savoir. Ton inscription à l'école d'abord ! Au revoir mon petit chou.

Mokrane, regarda la belle institutrice s'éloigner. Il aurait bien voulu sentir, encore, son eau de Cologne. Un délicieux parfum se dégageait de Sarah. Il gardera la senteur toute sa vie durant.

Il saura bien plus tard que cette envoûtante odeur était du « Chanel n° 5 ». Il était fier de la façon dont elle l'avait embrassé. Il l'a voyait presser son pas. Sa jupe moulante ajoutait du mystère dans l'esprit de l'enfant :

« Comme elle marche bien. Son derrière remue mieux que celui de la mère de Ouarda. Comme elle est belle. Quand je serai grand, peut-être que je pourrais me marier avec elle. »

Après, il se ravisa :

« Au fait, quel âge aura-t'elle ? Comment sera-t'elle ? Gardera-t'elle le même visage ? »

Las de ses réflexions, il rejoignit à contre-cœur Larbi et les autres enfants. Il y avait son frère Hamid, ses cousins Mohamed, Messaoud et Chérif. Ces deux derniers étaient les enfants de tante Mina.

Le père ne manqua pas d'interroger Mokrane :

– Elle te voulait quoi cette Roumia *(Française)* Vous avez parlé assez longtemps.

– Je lui ai demandé ce que c'était, « Bacchus ».

– Hein ? C'est quoi encore ?

– Bacchus ! Tu sais bien. Je t'ai même posé la question. Tu n'as pas su me répondre. Tu m'as bien dit que je trouverai bien quelqu'un pour me donner la réponse. C'est ce que j'ai fait.

– C'était un peu long. Tu ne trouves pas ?

– Qu'est-ce que tu crois. C'est profond une mémoire. La dame est institutrice. Elle a été à l'école très longtemps. La réponse ne lui est pas venue comme ça. Elle n'est pas le monsieur du cirque qui fait apparaître ou disparaître le lapin ou transforme sa canne, en bouquet de fleurs. Comme ça, en deux secondes ! Une mémoire exige de la recherche !

– C'était quoi Bacchus en fin de compte ?

– Tu te rappelles ? Le monsieur a prononcé, *« Disciple de Bacchus »*

– Ouais, j'ai cru entendre ça.

– Bacchus est le raisin que grand mère cultive à Bouktone. Est son disciple est celui qui boit le jus de ce raisin.

– Je ne comprends pas. Pourtant le monsieur était ivre. Le raisin écrasé ne doit pas saouler tant que ça. Je demanderai à monsieur Francini, lorsqu'on ira chez lui, faire la « soirée couscous ». Tu as dû oublier ou déformer la moitié de ce que l'institutrice t'a expliqué.

– Tu n'avais qu'à venir lui parler. Elle t'aurait appris beaucoup de choses. Sur l'école coranique entre autres. Dans son école, il y a un instituteur qui apprend aux élèves à lire et écrire l'arabe. Ils ont aussi des instituteurs pour le français.

– Elle t'a raconté des idioties. Ce n'est pas vrai.

– Pourtant, tu as appris le français, toi, aux cours du soir !

– Ouais. Mais, moi, je l'ai fait pour passer mon permis de conduire. Je voulais trouver un travail pour vous nourrir tous. Ce n'est pas pareil pour toi. Tu es trop jeune pour aller à l'école. En plus, il est interdit d'aller à l'école avec des béquilles. Tu connais les enfants. Ils vont te chahuter, te faire tomber. Tu peux te mettre en colère et blesser un gamin. Attends quelques années. On verra.

– Tu veux dire, jamais !

– Ton état ne le permet pas pour l'instant. De toute façon, c'est trop tard pour toi. Tu n'as plus six mais dix ans.

– Tu veux faire avec moi, ce que tu as fais à ma sœur Houria. Pas d'école ! As-tu remarqué les filles qui étaient avec l'institutrice française ? Il y avait aussi des filles arabes.

– Bon, bon, ça va ! Tu parles trop. Cette maudite femme t'a monté la tête. Tu ne sais pas ce que tu dis.

– Pourtant, j'ai raison. Que tu le veuilles ou non, j'irai m'inscrire à l'école. J'ai donné ma parole à la dame. Je dois m'instruire. J'en ai marre de voir les gosses me narguer avec leur cartable. Le moment venu, j'irai sans le dire à personne. Même pas à maman.

– Quoi, t'es tombé sur la tête ? Donner sa parole à une maudite infidèle. T'es envoûté ma parole ! Je vais devoir consulter le marabout. Tu as besoin de te faire boire l'écriture du Coran sacré. Allez, fissaâ ! Nous rentrons.

– Tu ne sais dire que ça. Tes rebouteux à un douro *(cinq sous)*, ne sont que des charlatans ! J'espère qu'Allah les condamnera un jour prochain. Pour tout le mal qu'ils m'ont fait, je les maudis jusqu'à la fin des temps !

Mokrane était en colère comme il ne l'avait jamais été. Il se sentait fort. Fier en son intérieur. Est-ce que c'est dû à sa rencontre avec le loup ou le léger contact physique avec la belle française ? Il s'en doutait un peu. En fait, il n'osait le croire.

Tapant sa béquille droite sur le sol, il dit à son père :

– Izane ! *(merde)* ! Je connais le chemin. Je rentre par mes propres moyens. Je n'ai pas besoin de ton car.

Mokrane ayant jeté à la figure de Bouraoui, ce qu'il avait sur le cœur, fit promptement demi-tour. Il chercha la sortie du zoo. Sa violence l'avait stimulé. Il ne se rendit même pas compte qu'il marchait plus vite que prévu.

Il rattrapa à la porte Sarah et ses élèves. Il les dépassa allègrement. L'institutrice le héla au passage :

– Hé, Mokrane ! Où coures-tu comme cela. Tu vas plus vite qu'un lièvre. Alors que tout à l'heure, tu avais une allure de tortue. Que t'es-t-il arrivé, d'un coup ?

Le garçon lui répondit par un salut, ajoutant brièvement sans daigner s'arrêter :

– Mon père Bouraoui, m'énerve. Sa bouche ne vomit que des rebouteux. Je rentre chez moi. Au revoir, Sarah. J'espère que nos chemins se croiseront à nouveau.

Il se dit : *« Elle est si gentille. Elle ne doit pas savoir qu'elle a un instinct d'animal. Je le lui dirai la prochaine fois que je la reverrai. »*

D'ailleurs, il n'aura jamais plus l'occasion de la croiser. Sarah restera une énigme pour lui. Elle disparut de sa vie.

« Telle une étoile filante, sans avoir eu le temps de prononcer le moindre vœu, se dira-t-il. »

XXIII
Il est le témoin d'un meurtre

Mokrane emprunta une petite rue, se terminant par des marches au bout. Il les descendit, prudemment. Il se tenait à la rambarde en fer forgé. Il finit par déboucher dans la rue Rohault de Fleury. C'était une des plus belles artères de la ville. Il aimait particulièrement ses belles arcades.

Il faisait résonner, ses béquilles, sur le macadam du trottoir. Il se reposa de sa marche, avenue Viviani, sur le muret de la caserne des pompiers. Il s'assit dos à l'édifice. Entendant des coups de sifflet, il se retourna. Il vit des hommes en pantalon et tricot blanc remuer dans tous les sens. Ce remue-ménage lui rappela la ruche de l'oncle Rabah à Bouraya.

Il était subjugué par tout ce qu'il voyait. Il constata que tout ce monde, portant des « Marcel », avait l'air d'obéir à un type moustachu. Rassemblés par groupe de deux, les hommes faisaient d'étranges mouvements, obéissant aux sons qui sortaient d'un petit instrument ; que le meneur à moustaches tenait dans sa bouche.

Certains sautaient par dessus une corde tendue. D'autres faisaient des moulinets sur de grands bouts de bois ronds, cloués au sol. De temps en temps, des gens applaudissaient. Il y avait du monde assis, qui assistait à la manifestation.

Soudain, il entendit derrière lui un cri de détresse :

– Ya khouti ! Ya khouti ! – *au secours, mes frères !*

Mokrane se retourna brusquement. Une bagarre venait d'éclater. Il aperçut brièvement une lame briller au soleil. Un type de haute stature brandissait un couteau de la main droite.

D'un geste rapide, la lame s'enfonça dans le cœur du deuxième homme. L'agresseur retira sa lame, l'essuya. Il prit le temps de la plier, avant de la mettre dans la poche de son pantalon.

Mokrane cria à son tour :

– Rajal quatal ! Rajal quatal ! Bolice ! Bolice ! *(Assassin ! Assassin ! Police !*

La victime pourtant mortellement blessé se débattit un peu. Elle fit un geste désespéré. Puis elle s'écroula sur le trottoir, à quelques mètres de l'entrée des pompiers. Le pauvre ne pouvait trouver meilleur endroit pour mourir. Les soldats du feu sortirent et ne purent que constater le décès. Le témoin boiteux ajusta ses béquilles. Il partit en trombe au mieux de sa vitesse, à la poursuite du tueur. Malheureusement, il ne put le rattraper. Le type s'était engouffré dans la rue de l'Echelle. Le quartier des bordels. Le jeune béquillé revint bredouille à la caserne. Beaucoup de personnes étaient autour de la victime. Mokrane aurait bien voulu dire son mot. Mais personne ne lui prêta attention. Il s'en retourna retrouver sa rue Perrégaux.

Les odeurs de brochettes et de merguez lui chatouillèrent les narines. Le cinéma « Nunez » allait commencer sa deuxième séance de l'après-midi. Les gens se bousculaient, s'injuriant copieusement à la manière arabe. Chacun prétextait que la place dans la file lui revenait de droit. En somme, ils se disaient tous, prioritaires. Des coups de poing s'échangeaient dans l'indifférence générale. Mokrane se renseigna. Tout ce tumulte l'intriguait. Un vendeur de billets s'approcha de lui :

– Hé, toi, avec tes béquilles tu n'iras pas loin. Tu vas te faire écraser. Je te vends un billet, 15 francs. Avec ça, tu n'auras pas besoin de faire la queue comme cette bande d'abrutis.

L'enfant handicapé lui demanda la raison de cette folie. Le vendeur lui répondit que c'était un film égyptien avec Farid El Atrach et Samia Gamal.

– Tout ce tintamarre, pour ça, dit le boiteux, ben alors ! Non, merci, ce sera pour une autre fois.

Ravi de sa réponse, il continua son chemin. Il remonta, en clopinant, la partie la plus raide de la rue marchande.

Trop bousculé pour son goût, il chercha appui sur les rares bouts de mur qu'il pouvait trouver. Il tint bon, pour ne pas tomber. Il arriva sans encombre chez lui. Il se faisait de mieux en mieux à la marche « assistée ». Sa mère lui fit un chaleureux compliment :

– Mon fils, je crois que tu es fin prêt pour affronter les aléas de la vie. Puis, tristement elle ajouta, ah, si tu pouvais aller à l'école.

– J'y pense, maman, lui répondit-il avec un sourire énigmatique.

Il était fier de sa journée. Il sentit qu'il avait un contrôle entier sur sa deuxième « paire de jambes en bois ».

D'autre part, il avait hâte d'en découdre avec Zohra, dont le père était marabout. Paix à son âme. Le saint-homme, pourtant décédé, continuait à faire peur aux pauvres gens. Sa fille qui le savait, abusait du privilège d'être la fille d'un sage. Elle était incontrôlable.

Elle faisait ce qu'elle voulait. On lui pardonnait toutes ses méchancetés. Ses caprices ne rencontraient aucune limite. Mais elle ignorait qu'un problème allait surgir un jour : l'outrage subi par un boiteux, réclamait vengeance.

Mokrane se rappela ce fameux croc en jambe que Zohra lui fit. Elle avait tapé sur une des béquilles. Déséquilibré, il partit la tête la première. Il se retrouva le nez trempé, dans la fange de la rue. La fierté du jeune kabyle en éprouva une humiliation. Ce fut un coup terrible pour lui. Il avait dû réintégrer tristement son domicile. Sa sœur Houria le vit revenir dans un état de saleté lamentable. Elle le déshabilla et le lava entièrement. Il rouspéta :

– Tu es une femme. Tu n'as pas à te rincer l'œil, de ma nudité.

Il se débattait, honteux de son allure générale :

– Tiens-toi tranquille, pauvre petit fou. Je t'ai vu naître, Houria remplit une grande bassine d'eau où elle mit son petit frère, reste debout lui dit-elle, laisse-moi faire avant que maman n'arrive.

– Il ne faut pas qu'elle te trouve dans cet état. Elle serait capable d'aller massacrer la mère de Zohra et le reste de sa famille. Tu connais maman ? Elle n'a peur de rien. Surtout, lorsqu'une personne s'en prend à toi.

Remis de sa honte et habillé proprement, Mokrane passa une nuit calme.

Le lendemain, bien chevillé dans sa tête, il partit à la recherche de son agresseur, en robe longue. Il sut que la méchante fille était à son cours coranique. Il l'attendit patiemment. Il s'assit sur un des bancs en pierre du café maure, situé sous la voûte de la rue Bedeau. Un monsieur de petite taille, vint lui demander :

– Tu veux boire quelque chose, petit ?

– Non. Merci, je ne fais que me reposer. Tu vois ?

Le cafetier remarqua la paire de béquilles :

– Bon tu peux rester. C'est encore calme à cette heure-ci. Je n'ai pas trop de clients.

L'attente dura deux ou trois heures. Il en éprouva une agréable sensation. Lui, jeune garçon à béquilles, assis dans un endroit réservé aux hommes. Dans un lieu où le café turc était prisé, par une population masculine arabe. Installé, jambes ballantes, il était aux anges. De temps en temps il jetait un œil, à l'intérieur de l'établissement. Soudain ses oreilles happèrent des voix et des bruits insolites, venant de l'intérieur :

« Clac ! clac ! clac ! Á toi de jouer. »

– Ne triche pas.

– J'ai un double blanc.

– Va de l'autre côté, con que t'es !

– Mets-lui un double-six, si tu as.

– Mais pauvre de ta mère, pas comme ça !

– Si tu veux m'aider, place un cinq-six, couillon sans couilles !

– Arrête de me dire des conneries, sinon le cul de ta mère pourrait se retrouver avec un double-six !

– Quoi ? Si tu as un double-six, qu'attends-tu pour t'en débarrasser ?

– Tu veux dire des gros chiffres ?

– Ouais, abruti ! Si tu peux, débarrasse-toi de tout gros chiffre.

– Couillon de ton père qui n'a jamais su s'occuper de ta mère, je ne jouerai plus avec toi !

– Moi aussi ! Vas te faire foutre. Ta mère lave le cul aux Français !

Mokrane n'était pas mécontent de l'ambiance. Il s'ouvrit encore plus à l'écoute d'autres joueurs :

« Rounda ! Archam ! »

– Hé, tu as triché !

– Viens là que je te mette un coup de poing sur ta face de rat.

– C'est plutôt ta face de raton à toi qui va en avoir un !

– Essaye espèce de bicot comme te le dirait un Roumi !

Le bruit sourd d'un coup s'entendit, suivit par la chute d'une chaise.

Le cafetier sortit de suite et intima l'ordre au jeune spectateur à béquilles de déguerpir :

– Sauve-toi, vite ! Il y a une bagarre à cause des cartes. Tu pourrais recevoir un mauvais coup de couteau ou de poing.

Mokrane enfourcha tout de suite ses « engins » et se sauva. Il s'arrêta un peu en retrait, pour admirer. Il assista aux coups échangés. Puis, il vit deux autres joueurs intervenir, pour séparer les protagonistes.

Il ne put voir la fin des hostilités. Seule la fille du charlatan occupait son esprit.

Zohra venait de traverser le passage couvert. Elle n'était pas seule, son petit frère l'accompagnait.

Clopinant, il s'approcha d'elle. La bagarre qu'il venait de voir, lui donna du cœur au ventre.

– Tu m'as poussé l'autre jour.

– Quoi encore, tu crois me faire peur ? Je peux recommencer si tu veux, lui dit la fille du marabout.

– Chiche ! Je t'attends.

Il pensa aux paroles de sa mère et se cala dos au mur. Zohra lui lança son poing à la figure :

– Tiens pour ta gueule de borgne, sale boiteux !

Elle fut étonnée de voir que son avant bras venait d'être bloqué par la béquille de droite. La demoiselle se rendit compte tardivement. Changeant de tactique, elle lança son pied droit. Toujours à l'affût, le boiteux para ce coup vicieux. Levant vivement son autre béquille, il frappa le bas ventre de l'adolescente. Celle-ci poussa un cri de douleur. Elle vit toute la rage dans l'œil du gamin qui lui dit :

– Tiens, dans ton bide. Kahba *(pute) !*

Zohra s'enfuit, Mokrane à ses trousses. Il la rattrapa presque.

Elle réussit à atteindre l'entrée de sa maison, située une cinquantaine de mètres plus bas dans la rue.

Après cette altercation vengeresse, le quartier retrouva un calme plus serein. Les bonnes et les mauvaises langues se délièrent :

– Ce Djinn boiteux n'aurait pas dû frapper la fille d'un saint. Le malheur va s'abattre sur nous.

– Non. Il a plutôt bien fait, bande d'ignorants et de fanatiques !

– Zohra ne terrorisera plus personne avec ses incantations religieuses.

La jeune fille évita quelques semaines Mokrane. Elle reconnut, cependant, son erreur quelques temps après. Elle se décida à présenter des excuses :

– Pardonne-moi, Mokrane. J'ai été méchante avec toi. Je n'aurais pas dû. Moi, la fille d'un marabout. Je reconnais que c'est par la faute d'autres marabouts que tu es dans cet état. Je pense que mon défunt père ne l'aurait pas toléré. Je suis désolée pour toi.

Mokrane lui sourit de son mieux, acceptant son repentir :

– Ne te culpabilises pas, Zohra, lui répondit-il, ce qui a été fait l'a été par ignorance. J'accepte tes excuses. Laisse ton père reposer en paix. Je l'aimais bien. Je n'en veux qu'aux autres barbares.

XXIV
Il se présente à l'école François Arago

La terreur kabyle du quartier, atteignit sa dixième année. Un jour que sa mère était absente, il prit le chemin de l'école. Un passant lui rappela que l'établissement s'appelait « Ecole François Arago » Le futur scolarisé se présenta à la porte d'entrée, qui était à double battant. La taille et la hauteur des deux vantaux lui parurent imposantes. L'ensemble était peint en gris souris. Il sonna et attendit qu'on daigna lui ouvrir.

Une forte femme, sans doute, la gardienne se présenta à la porte. Elle lui demanda en français, ce qu'il voulait. Il porta sa main à la bouche. L'employée pensa qu'elle avait à faire à un muet. Elle s'apprêtait à refermer le vantail droit, lorsqu'un monsieur qui arrivait l'en empêcha :

– Oh, excusez-moi. Bonjour monsieur Rémita. Est-ce que vous pourriez m'aider ? Ce garçon et moi n'arrivons pas à nous comprendre. Je lui parle en français, il me répond par des signes. Je crois qu'il est muet.

Un autre monsieur sortit d'un des bureaux du hall d'entrée. Il demanda à son employée :

– Que se passe-t-il, madame Gonzalez. Je vous ai observé par la fenêtre. Le geste de ce pauvre garçon signifiait qu'il ne sait pas parler notre langue. Vous l'avez confondu avec un muet. Allez vaquer à vos occupations. Monsieur Rémita et moi, allons-nous en occuper. Bonjour, cher monsieur l'instituteur vous tombez bien. Vous allez me servir d'interprète en arabe.

L'instituteur fut agréablement surpris par l'expression « cher » :

– Bonjour monsieur le directeur ! Ce sera avec plaisir monsieur Chambon.

Monsieur Rémita, engagea le dialogue avec le petit Mokrane. Il traduisit la réponse de l'enfant :

– Il vient pour se faire inscrire à l'école.

Le directeur s'exclama :

– Vous n'y pensez pas. Nous sommes en avril. Dites-lui de revenir avec ses parents à la prochaine rentrée scolaire. En attendant, entrez tous les deux dans le hall. Ne restez pas sur le seuil de la porte.

Le brave instituteur rapporta les paroles du directeur. Le garçon tint tête :

– Je n'ai pas patienté plus de trois ans, couché sur une échelle, pour entendre une telle réponse. Je suis venu me faire inscrire. Je veux commencer dès demain. D'ailleurs, je n'ai pas de famille.

Le directeur comprit que le gamin était résolu ; qu'il n'abandonnerait pas son idée.

– Il a du caractère ce jeune. Je vais lui proposer un marché, dit le directeur.

Puis, s'adressant à l'interprète occasionnel :

– Dites-lui que j'accepte. Mais à condition qu'il laisse ses béquilles cette nuit à l'école. Il devra retourner chez lui par ses propres moyens. Dites-lui, aussi, qu'avec « ces engins là » il pourrait tomber ou blesser un élève. Dites-lui, aussi, que je ne le crois pas être « sans famille ». Je veux qu'il revienne demain matin accompagné ! J'insiste ! Accompagné !

L'instituteur sentit de la bonté dans l'engagement du directeur et le remercia en son nom personnel.

Mokrane abandonna dans le bureau directorial, « ces engins là ». Il n'avait pas le choix. Il devait refaire le chemin inverse, sans aucune aide. Il avait environ à peine un kilomètre à parcourir. Il se frotta le genou gauche. Il le prit à pleine main. Pour assurer son équilibre, sa main gauche devait rester constamment collée sur son genou. Il adopta cette façon de marcher des années durant. Il avançait courbé et penché sur le côté. Plus tard, à la suite d'autres consultations médicales, les spécialistes lui diront :

« Encore heureux que vous n'ayez pas eu la cyphoscoliose. »

Cette nouvelle marche pour laquelle Mokrane n'était pas encore préparé le fatigua. Au bout de quelques mètres, il dut s'arrêter. Il s'adossa au mur d'une laiterie-crémerie arabe.

Il inspira profondément :

– Tant pis, je m'accorde une pause.

Puis, il reprit sa marche, psalmodiant intérieurement :

« Un Kabyle n'abandonne pas. Un Kabyle n'abandonne jamais ! »

Il constata que personne ne faisait attention à lui. Il s'en trouva enchanté. Car il n'avait aucune envie de donner des explications, ni qu'on le remarquât.

Il fut obligé de s'arc-bouter à tout ce qui pouvait représenter pour lui, un point solide. Si la rue du 3ème Zouaves s'avéra être une promenade, la rue Perrégaux fut autrement plus laborieuse. Pleine d'embûches.

Il l'apprit à ses dépens, avec les étals des fruits et légumes, alignés des deux côtés de la rue :

– Hé, toi, t'es malade ou quoi ?

– C'n'est pas d'ton âge de boire du vin interdit !

– C'est-y pas un pêché d'Allah, de donner du vin à un gamin ?

– Hé, l'ivrogne t'écrases m's oranges, m's tomates !

– Mets t'mains là où j'pense !

– Va t'faire mett'e !

– Dis-zà ton père, pa, si t'en as !

– Qu's qui va m paye mes cageots ! L'cuisses d't'mère ! »

Le pauvre boiteux encaissa plutôt mal cette outrageante expérience. Il avait beau expliquer aux marchands qu'il n'était pas ivre. Aucun ne le crut. Il pensa que la traversée de cette rue grouillante de mille bruits et de couleurs était comme « son chemin de croix ». Il essaya de se rappeler où il avait déjà entendu cette expression. Un de ses lointains souvenirs lui revint :

« Ah, oui. Je m'en souviens. J'ai entendu dire « le chemin de croix »

Il se dit : *« C'était où, déjà ? »*

Il se rappela l'hôpital de Constantine, où il avait séjourné pour une tuberculose. Il devait avoir trois ou quatre ans. Il ne savait plus exactement. Il avait entendu ces paroles de la bouche de ces femmes qui étaient voilées autrement, que les femmes indigènes. Celles-là lui disaient que le Christ avait été condamné « à porter sa croix ». Un instant, Mokrane eut une pensée amusante pour lui faire oublier le chemin qu'il parcourait au milieu de tout ce tohu-bohu :

« Ce qui m'arrive est normal. Je ne porte aucune croix. J'ai laissé mes béquilles à l'école. »

Pendant ce temps, Fatima s'impatientait. Son fils lui avait dit qu'il sortait s'aérer. Elle était furieuse. Elle pensa qu'il avait oublié leur rendez-vous :

« Qu'est-ce qu'il fiche, se demanda-t'elle ? »

Elle sortit en hâte, le guetter dans la rue. Elle le vit arriver. Une bande de garnements le suivait et le huait :

– Oh, le boiteux, oh, le boiteux. Il a perdu ses béquilles. Nous n'aurons plus peur de lui !

Fatima l'apostropha :

– Tu marches drôlement, qu'as-tu fais de tes béquilles ? Une colère contenue se lisait sur son visage rembruni.

– Je les ai laissées à l'école.

– Comment ça à l'école ? Tu ne peux pas te faire accepter aussi facilement.

– Pourtant, si ! Le monsieur de l'école ne voulait m'inscrire que si j'apprenais à marcher sans mes béquilles. Il a exigé que quelqu'un vienne demain avec moi, pour l'inscription.

– Je t'accompagnerai.

– Oh, merci maman. Bouraoui ne dira rien ?

– Je ne vois pas comment. L'école est obligatoire. Maintenant que le directeur le sait, ton père n'y pourra plus rien.

– Rentre à la maison et entraîne-toi à marcher le long de la chambre. Essaye de ne pas trop t'appuyer sur le mur. Il te faudra apprendre à marcher sans t'y adosser. Tu vas te reposer un peu. Après, nous irons voir le docteur Narboni pour tes soins dentaires.

– C'est loin ?

– Non. Son cabinet est rue Caraman. Á peine à trois cent mètres de l'école Arago.

Ils se rendirent après au cabinet du dentiste. Puis revinrent à la maison. Mokrane passa une bonne nuit. Il rêva qu'il volait tel un oiseau de proie, sauvant la vie à la jolie Sarah. Il reconnût les traits de l'agresseur. Le type ressemblait étrangement à l'assassin de l'avenue Viviani. Il avait le même couteau. Il le tenait pointé vers la gorge de l'institutrice. L'énergumène prononçait la formule sacrée, celle de l'égorgement : *« Allah Akbar ! »* Surgit du ciel, telle la foudre, le vengeur onirique plongea ses béquilles dans le ventre du méchant inconnu. Au réveil, Mokrane se rappela avoir traversé de part en part le sinistre individu. Il marmonna : *« C'est bien fait pour toi. Tu ne tueras plus personne. Espèce de lâche. »*

Fatima vint le chercher. Elle lui fit un sourire :

– Tu as sauvé qui cette fois-ci ?

– Une jeune française. Elle s'appelle Sarah comme ta couturière.

– Tes rêves m'ont toujours intrigué. Je ne sais où tu vas chercher tout ça. Allez vite, va te débarbouiller un peu, avant de déjeuner.

Le lendemain, comme promis, Fatima accompagna Mokrane à l'école. Le directeur les reçut aimablement. L'instituteur de la veille était présent. Monsieur Chambon procéda à l'inscription.

Il dit à la mère :

– Nous sommes à la fin du troisième trimestre. Je vais l'inscrire quand même. Il commencera par le premier cours préparatoire. On verra par la suite, pour lui faire sauter une classe ou deux. Son âge le met en retard de quatre ans. Cela est dû à son accident, je présume. On va s'en occuper. Tenez madame, je vous redonne les béquilles. Au revoir. Faites-nous confiance. Il ne lui arrivera rien.

Le directeur s'adressa après au maître d'école :

– Tenez, je vous le confie. Je compte sur vous pour que les élèves ne le chahutent pas trop.

Le nouvel inscrit se vit conduire dans la classe des six ans, qui était située au rez-de-chaussée. L'école était construite sur deux niveaux. Elle était spacieuse. La cour immense, se terminait en « L ». D'ailleurs, toute l'architecture de l'établissement présentait la même forme, que cette lettre alphabétique.

Il en est ainsi jusqu'au deuxième niveau. Par mauvais temps, les élèves s'abritaient sous de très larges galeries de circulation.

D'énormes colonnes de soutènement achevaient la décoration. Ces supports joliment taillés servaient parfois de cache. Chaque pilier pouvait dissimuler jusqu'à trois écoliers. La porte principale, d'entrée et de sortie de l'école, était monumentale. Ses doubles battants devaient mesurer pas moins de 4 mètres de haut.

Pour avoir plein pied dans l'établissement, les scolaires avaient à descendre environ huit marches. Les murs clôturant ce côté-ci de l'école, représentaient l'épaisseur d'une coudée d'homme. Les fenêtres extérieures, au niveau de la rue, étaient garnies de solides barreaux. Mokrane avait fini par la baptiser « l'école-forteresse. »

De toute façon, l'établissement était vraiment beau. Il lui plut d'emblée. Les larges fenêtres à carreaux l'avaient tout de suite conquis :

– Ah ! Là au moins les rayons de soleil ne seront pas chiches pour me réchauffer le corps !

Ensuite, sa pensée vagabonda en direction de ces pauvres quartiers, où le soleil ignorait jusqu'à l'existence des braves gens, qui habitent le quartier Perrégaux. Où le soleil ne pénétrait jamais les logis de ces pauvres indigènes. Dans certaines maisons du centre, même la clarté du jour était absente. Il faisait nuit, en plein jour. La pénombre était telle que les tous petits la confondaient avec la nuit. La population dont les enfants allaient à l'école, considérait cette fréquentation comme une bénédiction. Les parents chanceux remerciaient souvent Allah de ce bienfait.

Car leur progéniture pouvait emmagasiner, en eux, un peu de cette chaleur solaire. Par contre, l'intérieur de l'habitat de certains descendants Turcs, était encore à l'image des palais des « Mille et une nuits ». Les rares privilégiés qui pouvaient pénétrer dans leurs maisons, restaient subjugués. Parmi cette horde de défavorisés, personne ne pouvait imaginer l'existence de tant de merveilles. Le soleil dardait à profusion ses chauds rayons sur les jardins fleuris. La mosaïque flamboyante des fontaines intérieures représentait la magnificence des derniers occupants ottomans.

Tout à ses réflexions Mokrane, ne fit même pas attention que l'instituteur l'invitait à entrer dans la classe. Le directeur lui avait dit :

« On vous met provisoirement avec les petits de six ans. Si vous vous mettez à suivre plus vite, on vous fera sauter une classe ou deux. Pour l'instant, vous resterez au rez-de-chaussée avec les petits. Á propos, ne montez pas dans les étages. Ce sont les classes des grands. Encore une chose à vous dire, je vous dispense de sortir par la grande porte de l'école. Vous passerez par celle réservée aux instituteurs. La sécurité l'oblige à cause de votre jambe. Vous n'aurez qu'une marche à monter pour retrouver la rue. La sortie de l'autre côté, s'avère dangereuse pour vous. Les enfants aiment chahuter et se bousculer. Vous comprenez ? »

Mokrane avait acquiescé avec un hochement de tête.

L'élève « nouveau » commença son apprentissage par écrire sur une ardoise. Il prit la craie avec sa main gauche. Le maître le lui interdit. Le morceau de craie passa rapidement dans sa main droite.

L'instituteur releva la dextérité :

– Vous avez fait vite.

L'enfant lui répondit malicieusement :

– J'ai du retard à rattraper.

L'année scolaire fut courte. Juillet s'annonça très vite, avec ses grandes vacances scolaires.

XXV
Il part en vacances en Kabylie avec sa famille

Jamais Mokrane ne connut un tel bonheur. Il se considérait à peu près normal. Fatima ne se contenait plus. Elle attendait les congés avec délectation. Elle pouvait enfin partir en vacances avec ses cinq enfants. Elle disait à qui voulait l'entendre :

– Vivement ma Kabylie, où je vais pouvoir me débarrasser quelques temps de ce voile de malheur !

Toute la famille Bouraoui partit au complet, à bord de l'autocar familial. La maîtresse-femme s'assit, à l'avant, juste derrière le siège de son chauffeur de mari. Elle avait décidé de surveiller la recette du jour.

Car, elle savait que son homme avait la fâcheuse manie de consentir des remises, sur le tarif affiché. Mais lors de ce voyage-ci, Bouraoui n'accorda aucune diminution de prix.

Pour cause, Fatima surveillait la moindre tractation. Le chauffeur receveur répondait invariablement :

– Aujourd'hui, je ne peux pas. La patronne est là.

Alors d'un discret hochement de tête il indiquait la présence de son épouse, assise derrière lui.

Bouraoui laissa sa famille à la halte de Boni. Trois cousins se trouvaient là, attendant l'arrivée du car. En effet, à la demande de la grand-mère Ouahchia, ils venaient prendre en charge Fatima et ses enfants. Deux mulets et deux ânes devaient supporter le poids et les bagages des citadins. Le transport muletier s'effectua sous de bons auspices. Mokrane reconnut la piste et les caroubiers qui poussaient en bordure.

Djedda Ouahchia accueillit avec beaucoup de chaleur sa fille et ses petits enfants. Elle fit un accueil encore plus appuyé à son préféré. Elle était fière de le revoir. Á l'occasion de ce séjour, Ouahchia l'emmena partout. Elle le présenta à tous les villageois connus. Elle leur disait :

– Je vous présente Mokrane, le fils de ma fille Fatima de Constantine. Protégez-le. Veillez à ce que rien ne lui arrive. Sinon, il y va de la tranquillité de Bouktone.

Son influence était grande dans le patelin. Elle était pratiquement la plus importante femme propriétaire de ce grand village. Elle l'était devenue par la force de sa volonté et de ses bras. Son domaine avait pris beaucoup de valeur. Si elle ne participait plus directement à sa gestion, elle suivait discrètement son fonctionnement. Ses ouvriers agricoles lui étaient entièrement dévoués. Son fils Omar avait préféré devenir fonctionnaire des PTT, à Bordj-Bou-Arréridj. Ce qui ne l'empêchait pas, cependant, de surveiller les travaux des champs à chaque week-end.

Ouahchia adoptait la position de sa fille Fatima, à propos de son gendre. Elle se demandait pour quelle raison cet homme ne voulait jamais étoffer son florissant transport de voyageurs. Elle désespérait autant que sa fille, que Bouraoui ait toujours aimé se faire passer pour un pauvre. Alors que ses poches regorgeaient de billets.

Son commerce s'appelait : « Transports Bouraoui ». Mention peinte en blanc, en diagonale à l'arrière, sur la porte du coffre. Sur le devant de l'autobus, au dessus du pare brise, était peint un tigre du Bengale, sortant de sa jungle. En dessous du félin, avait été ajoutée en grandes lettres blanches la mention : *« J'ARRIVE »*

Détail croustillant, le car qui n'était jamais à l'heure, finissait toujours par « arriver cahin-caha ! »

Il se garait avenue Anatole France, sous le regard courroucé des agents de police.

Parfois, l'un d'eux lui disait, amicalement, avec un rire franc :

– Bouraoui, ton car n'est pas raisonnable ! Il est toujours en retard !

Le conducteur lui répondait avec un sourire malicieux :

– Que veux-tu monsieur l'agent, c'est le Mektoub !

Les fonctionnaires baissaient les bras de lassitude. Leur ami avait une foi inébranlable. L'on ne pouvait jamais le prendre en défaut. Alors que les chauffeurs des cars concurrents leur avaient rapporté que le car « J'arrive » était en panne à Aïn Smara ; que la pompe de distribution de gasoil avait lâché dans la côte ; que Bouraoui avait laissé le véhicule, la marchandise et les clients à la garde de son frère Amar ; qu'il avait loué un taxi de passage ; qu'il était rentré incognito à Constantine acheter la pièce de remplacement ; qu'il allait se dépanner lui-même ; qu'il rentrerait tard dans l'après-midi.

Tout le monde admettait d'ailleurs que Bouraoui était un bon mécanicien. Pour cette raison, les voyageurs se trouvaient en toute confiance avec lui. Ils l'appréciaient pour sa qualité première. Il ne cherchait jamais à esbroufer quelqu'un. Il conduisait son bus tout simplement, dans l'attente d'une autre prochaine panne inopinée.

D'autre part, les vacances en Kabylie firent beaucoup de bien à Mokrane, moralement et physiquement. Son corps eut tout le loisir de sentir les chauds rayons de soleil. Devant tant de merveilles kabyles à portée de la main : la nature sauvage, la forêt et ses loups, les figuiers et les vignes. Le garçon ne put s'interdire de penser à son habitat constantinois. Là, où il naquit par hasard. Il s'assit à l'abri d'un généreux figuier et se repassa sa vie citadine. Au bout d'un certain temps, lassé par toutes ses réflexions, Mokrane quitta à contre-cœur son figuier. L'appel à la prière de l'après-midi venait de se faire entendre. Il lui fallait rejoindre le domicile de sa grand-mère. L'astre solaire amorçait sa descente vers un autre continent. La lune commençait déjà à sortir « sa bonne bouille ».

Lorsque, un cri tout proche parvint aux oreilles de Mokrane.

« Ma parole on dirait le cri d'un loup, se dit l'enfant, il vient du fond de la vallée. »

Courageusement, le jeune garçon aborda la sente qui mène au lieu d'où partit l'appel. Il était résolu de faire, enfin, une rencontre en toute liberté avec son ami le loup. Soudain *« Paw ! paw ! »* Deux coups de feu venaient de s'entendre. La forêt frémit. Des centaines d'oiseaux, de perdrix et de faisans prirent leur envol. Le cœur de Mokrane s'arrêta de battre un court instant. Poussé par sa curiosité, il accéléra son pas, clopinant dans la descente. Lorsqu'une voix forte l'interpella :

– Tu vas où comme ça, enfant de la grande ville. Le fond de la vallée n'est pas un endroit pour toi. La nuit va bientôt tomber. Je n'aimerai pas te voir coincé entre un sanglier et un loup. Remonte s'il te plaît.

– Ah, bonsoir oncle Amokrane. C'est toi qui as tiré ?

– Oui, j'ai fait fuir un loup. Il était assis sur le rocher là-haut. Il te regardait, comme s'il te connaissait. C'est bizarre.

– Je parie qu'il s'agit du même loup qui m'a léché à Sidi Aïch.

– Je ne le crois pas. J'ai entendu parler de ça. Il y a si longtemps déjà. Je pense plutôt à un louvard qui a su d'instinct le contact, que tu as eu avec un autre de ses congénères. Tu sais que les animaux communiquent entre eux.

– Oncle Amokrane, c'est quoi un « louvard » ?

– Un jeune loup. Un peu plus âgé qu'un louveteau. Rentrons, maintenant. Ouahchia doit s'inquiéter de ton absence. Tiens donne-lui de ma part cette perdrix.

– Merci, pour elle mon oncle.

Un profond soulagement gagna Mokrane. Qu'importe la dénomination donnée à l'animal, il se sentit conforté. Son ami loup n'a pas été blessé :

– Oncle Amokrane, je te remercie de ne pas avoir blessé ce jeune loup. Tu aurais même pu le tuer.

– Mon petit, je n'avais aucune raison de le faire. En plus, j'ai constaté que cet animal te regardait plutôt amicalement. Tu es un curieux personnage. Si jeune et si connu. Même par les animaux de la forêt.

– Il y a de quoi mon oncle. Avec toutes les épreuves que j'ai subies. Mon misérable corps traîne un passé bien lourd. Il porte tout le poids de la connerie des marabouts. La masse de tous ceux qui trichent avec la religion. Merci encore une fois. Bonsoir mon oncle.

– Bonsoir, fils de la grande ville. Grand ami des loups kabyles. Bonsoir à ta grand-mère.

L'oncle cassa en deux, son fusil de chasse avant de le mettre en bandoulière sur son épaule. Mokrane le regarda faire. Avec un sourire, le chasseur dit au garçon :

– C'est par sécurité. La logique le recommande.

Les belles journées ensoleillées kabyles prirent fin. La famille Bouraoui devait réintégrer la ville. Mokrane en éprouva un grand chagrin. Devoir quitter Bouktone et Bouraya.

« Dire que je vais abandonner toutes ses belles choses, se dit le petit vacancier. »

Cet ouvrage a été composé par Edilivre

175, boulevard Anatole France – 93200 Saint-Denis
Tél. : 01 41 62 14 40 – Fax : 01 41 62 14 50
Mail : client@edilivre.com

www.edilivre.com

Tous nos livres sont imprimés
dans les règles environnementales les plus strictes

ISBN papier : 978-2-332-63593-8
ISBN pdf : 978-2-332-63594-5
ISBN epub : 978-2-332-63592-1
Dépôt légal : novembre 2013

Imprimé en France, 2013

N° d'impression : 160734